16歲那年
你/我去了英國

范玲　譚晉森

三．寫在後面

序一

去年的秋天，涼意不像從前，11月仍然暑氣未除。范玲徐徐步入我的畫室，開始第一課。

在此兩個多月前，與她的先生張灼祥校長通過一通電話，談的是：我那時候剛出版不久的新書《記得當時年紀小》。兩位素未謀面的大男人，說起童年往事、兒時的種種玩意，投契得恍似一對多年未見的故友，一談就是個多小時，仍覺意猶未盡。

猶記得再前一些日子，在灣仔會議展覽中心，舉行我的水墨展覽，張校長與太太也前來觀賞。我滔滔不絕地介紹我的畫作；校長施施然介紹他身旁的太太范玲，問我收不收這位學生。眼前的女士，高姚的身

影，亭亭玉立，長長的直髮平均分佈面頰兩旁，是香港女士中不易碰見的一份氣質。

然後知道：范玲在大學裏任教中文，怪不得文人氣息濃厚，談吐舉止優雅，宛如一杯花茶，自然中滲着清香。

我本來無意收生，因較早的時候破例收下林青霞，同一天課後心情未平伏，就把餘下的時間安排給范玲，多收了這一位學生。

范玲本身是學者，有理性的系統授課，而我是隨教隨想、隨意東轉西轉；一時間説説書法用筆的「無往不收、無垂不縮」；一時間説説「荊、關、董、巨」；

由鹿角枝忽然轉入「點、線、面」；一個急轉彎，又回到八大山人的大寫意⋯⋯但無論怎樣轉，范玲都似海綿一樣，把它吸收，一堂一堂進步神速。每一次回到畫室，都有大躍進的驚喜！

一次課堂中，范玲說將出版新書，內容是與兒子兩代人的深情對話，想請我也寫一篇文章。同樣，我的兒子跟她的兒子年齡相差不遠，也在外國的大學修讀中，這個題目我自然感受良多。現今世代人的感情都因手機電腦而冰冷了，沒有了紙筆墨的那份溫暖，母子的對話更少有舊時的叮嚀。

幾個月前，范玲要出國為兒子打點，回來後給我看快將出版的新書插畫。插畫是鋼筆線條，輕鬆自然，

從中我看到情感的流露，每一幅都好像有一個深刻的故事，扣人心弦。插畫除了點綴了書本的美感，也把文字內容襯托出另一個層次。萬二分期待范玲的新書正式出版！讓這個秋天重添一份舊日的溫馨情懷。

李志清

2022 年 10 月深秋於青山水閣

序二

　　這並不是一本英國升學指南，也不是在分享我的教育心得，我相信讀到這本書的每一個母親，都有她獨特的教育方式，全心的付出和親身的體驗，而很多的孩子們，在她們悉心培養下，比我的孩子要優秀很多……

　　這只是我和兒子晉森之間，對於他在留學英國的日子裏的某些經歷，相互探討見解的一份文字紀錄，也是他完成了大學課程，即將開始研究生的學習，準備進入社會的一種自我回顧和總結。這兩年，我開始習畫，儘管中年才開始學習不是一件容易的事，但人生如逆水行舟，不進則退，只有不斷的往前走，你才會有機會看到更美麗的風景，書內的速寫和插圖，是

我這兩年習畫期間很不成熟的作品，也算是送給兒子的畢業禮物。

希望我的兒子，和天底下所有的孩子，都會有一個精彩的人生！

范玲

2022 年 9 月 20 日於玲瓏書室

一.英格蘭

英國寄宿學校

玲

兒子 16 歲那年，我決定送他去英國的寄宿學校。

收到了幾間學校的錄取，都是不錯的學校，但在最終做決定之前，我和兒子先去參觀了這幾間學校，畢竟要在一所學校待兩年的時間。學校的排名好，不一定就適合自己的孩子，我最想看到的是，學校的老師對孩子們怎麼樣。我在到訪學校參觀前的一個月，已經收到了學校的到訪當日時間安排，學校先安排招生官在他的辦公室接見我們，詳細的講解了學校的情況，然後有一名高年級的學生帶我們參觀校園，之後

安排我們參觀兩間宿舍，並問我們想去哪一間宿舍吃午飯？我們選定吃午飯的宿舍，就應該是兒子之後要去的宿舍。

印象很深刻的是，在兒子學校吃的第一次午餐。吃完午餐，我決定要把孩子送到這裏。

我們被帶到一座有庭院的英式建築裏，迎接我們的是這間宿舍的 Housemaster J 先生。招生官之前告訴過我，J 先生畢業於劍橋大學，本身是一名律師，他的太太也是劍橋畢業，也是一名律師，兩個人有三個孩子，加一隻狗，和宿生們住在一起。我很好奇這兩個普通人眼裏的學霸，為甚麼會到中學當老師？J 先生一臉笑容，毫不掩飾地告訴我，學校的假期多，

他也喜歡和孩子們在一起。還有一個我後來才知道的原因，這間學校也是 J 先生的母校，放棄高薪厚祿的律師事務所的工作（J 先生曾在國際知名律所工作）來中學母校教書，想必這間學校給了他很多開心的回憶。

除了 J 先生，所有要教兒子的科目老師們當天全部到齊。我和兒子被分開招待，兒子被領到宿生們那邊，我被迎進客廳，奉上英式茶點。J 先生和老師們和我聊天，他們之間也互相開着玩笑，為了不讓我有壓力，大家沒有以我為焦點，彷彿我只是被邀請參加這次本已存在的聚會。但細心觀察，每個人其實都會來和我交談，因為這其實是為我的到來而準備的迎接活動之一，但是他們很高明，不露聲色的寒暄，中間

夾雜些英式幽默，完全沒有陌生人在場的尷尬氣氛。
客廳在樓下，上面是 J 先生一家的臥室，走廊後面是
飯廳。 J 先生說，每天早中晚他的一家人和老師們都
會和學生們一起進餐，簡單的說就是，學生吃甚麼，
他們吃甚麼，大家是一個家庭。

半小時的茶點後，到了午飯時間，桌子以年級劃
分，每一個年級的桌子都會有一位老師入座，而我作
為嘉賓，被安排坐在其中一個桌子，兒子則和他未來
的同學一桌。我本以為，會被人帶到吃飯的桌子前，
然後 J 先生在吃飯前讓大家靜一靜，講講話歡迎我們
之類，完全沒有，這是中國式的歡迎。而我，體驗了
一次英式的歡迎，所有的人，包括學生和老師們，都
站起來，請我先走到我的飯桌前，他們看到我坐下，

他們才入座，以示對嘉賓的尊重。然後大家開始像往常一樣吃飯，同桌的學生們開始和我聊天，食物也沒有因為我們的到訪而特意準備，一塊雞扒、水煮蔬菜，麵包、湯，還有水果。學生們很友好，一點不見拘謹，我問甚麼問題，他們都很願意回答，他們也向我打聽兒子的情況。我看到別的桌子，老師和學生們也是有說有笑，那絕不是裝出來表情，也不可能事先彩排，除非這間宿舍的人個個是戲劇高手……一餐飯吃下來，感覺這間宿舍的氣氛很融洽，老師們也非常親切，氣度不凡（後來才知道，這間學校的老師們大部份是牛津劍橋畢業的），我在心裏已決定讓兒子在這間宿舍開始他的新生活，儘管，食物有點難吃，不過想想，營養夠了就好，也沒甚麼可擔憂的。

　　和很多香港的家長一樣，我做了很多資料蒐集，兒子經過了幾輪面試筆試，最終選了這間有四百年歷史，Gugby Group 成員之一的老牌全寄宿學校。所有的學生，從中一到中六全部住在學校裏，國際生的比例是 16%，而中國人只佔 1%，而且學校校規嚴格，就連家長來探訪，學期中間也不可以隨便出校。

　　除了學術成績突出，這間學校還非常注重藝術和體育，在社會上有作為的人士有很多來自此校。但這些都不是重點，重點是，學校的老師是否用心去教孩子，事實證明，我的選擇沒有錯，於是，16 歲那年，我的兒子去了英國留學。

晉森

　　在來這所英國寄宿學校的路上，眼見四處都是綠草，當車駛到小鎮的中心時看到學校的主樓，感覺很有親切感。

　　小鎮的中心為兩條直通其他城市的公路交叉點，不遠處還有一座教堂。我來到不久後，同學就半開玩笑地和我說，你在這裏想逃學很難，就算是騎自行車去最近的城市，也要來回四個多小時，路上只有羊跟你作伴。

　　有個傳聞，有一個俄國同學，因為晚上喝醉了酒（宿舍分配給你的酒很難把你灌醉，除非你的

Housemaster 很慷慨，或是你天賦異稟），說想要出去「遛一遛」，結果往鎮外走了半天，最後還是選擇在草地上睡到天亮。附近的居民見他身穿校服躺在草地裏，便把他的行蹤告訴了已經焦慮不安的學校，最後要讓他的 Housemaster 開車把他從那裏的民居接回學校。我不太明白他為甚麼能夠忍受早上的寒露還沒有生病。

因為每個學期結束前，科目老師都需要為每個學生的表現寫一份報告，所以平時老師一定有必要仔細觀察每一個學生。作為一個新的學生來到學校，幾乎每個科目老師，都會對我這個學生的長處和一些非常獨特的興趣有一定的了解。當時第二個接見我的科目老師是宗教哲學系的 department head C 先生，他說

我在這個階段轉學，是一個非常勇敢的決定，他說他會盡力確保我面對新的人群、人際關係和生活上的挑戰不會太過艱難。

　　我的 Housemaster J 先生對我選的科目非常關心，他讓我考慮清楚是否對自己的選擇有足夠的興趣，因為如果有真正的興趣，那麼無論遇到任何形式的障礙，都是可以有足夠的動力去克服的，他知道我喜歡歷史，還向我開玩笑說，因為他教歷史，所以我也可以考慮考慮選他的科目。

走進這扇門，兒子開始了他的寄宿生活

沒有補習的學生生活

玲

　　對於香港的學生來說，補習已經是學生生活的一部份。我任教的大學裏，幾乎所有的學生，在升上大學前都去過補習社，而且他們說，補習社裏教的比在學校裏教的好。那學校的老師做甚麼呢？我問學生們，他們互相對望，會心一笑，老師啊，不怎麼教書，因為我們都在補習社學會了，而且越是名校的老師，越輕鬆。

不知道這些孩子說的，是不是事實？但當我自己的孩子上了中學，我才發現，不補習根本就沒辦法跟上學校的進度（超級天才的孩子除外）。兒子在香港的同學，每天放了學，不是先回家，而是開始奔走在各個補習社之間，出名的補習社，甚至要排很長時間才有位子。他有的同學每月花在補習上的錢甚至高達十幾萬，這已經超出普通家庭可以負擔的水平，一般的同學，每月的補習費上萬是很普遍的。別以為這些孩子天生愚笨或家長太忙，才會靠補習社，事實是有很多孩子都已經是成績非常優秀的學生，父母不是專業人士就是成功企業家。所謂精英補習社，就是讓他們的成績更上一層樓，所以，不要以為那些狀元學霸只是很努力，他們是比很努力的人更努力，而且是全家

都在努力，這也是為甚麼香港的補習天王身價豐厚的原因。

貴有貴補，便宜有便宜補，照我學生的話說，不去補習，心裏會不踏實，儘管大家都知道這是一個很不正常的現象，也是一個惡性循環，可是，有甚麼辦法呢？香港人不甘落後於人的心態，讓家長們心甘情願地掏錢出來給孩子補習，我，當然也不例外。

兒子去了英國，補習的噩夢終於結束了，所有的學業回歸正常。因為是小班教學，每個班多則十來個學生，少則幾個學生，老師可以仔細地照顧到每一個學生。在宿舍，吃過晚飯熄燈前是自修時間，每個孩子在自己的房間自修，通常低年級共用房間，高年級

的同學有自己的房間，但是房間的門是不可以上鎖的，晚上值班的輔導老師會隨時進入你的房間查看學習情況，而學生有甚麼問題也可以立即請教老師，如果在學科上有特別的學習困難，學校老師也會安排特別的輔導給學生。

兒子在中六修讀古歷史、哲學、藝術史和政治，他是唯一在校內修讀古歷史的亞洲學生，班上只有五個學生，其他幾位都是英國學生。由於古歷史涉及很多拉丁文的詞語，而兒子之前並沒有修讀過拉丁文，所以老師特別的抽出時間，給他教授基本的拉丁文。到了中七，另外的四名學生覺得古歷史很難，就放棄了，兒子很喜歡這科，繼續修讀準備迎考 A-level，於是他每次上古歷史課，是兩位老師輪流教他一位學生。

如果在香港的學校，估計這科會開不下去了，因為用兩個老師的資源去教一名學生，這本身在經濟學的角度上就是賠本生意，但是這間學校堅持的原則是，只要有學生願意修讀的科目，學校都會開辦。所以，我的兒子在他中學的最後兩年，接受了很正統的古歷史學習，這為他將來修讀哲學或者法律都打下了堅實的基礎，也開闊了他的眼界，增長了他的人文修養，對此，我非常的感激這間學校。

我那時對兒子說，「你看，大學的博士生都沒有你的待遇，我們的博士生通常只有一位博士導師，你有兩位啊！」

晉森

　　我的宿舍當時有三位 tutor，一位剛從牛津畢業，
專門負責教授德文和法文，一位負責教授哲學，而另
外一位則教授化學。Tutor 的職責是在 prep time，也
就是自修時間是進行巡房的工作，遇到有學生在學業
上有不解之處，如果恰恰與其所教授的領域相符，便
會在公眾空間進行輔導。

　　就讀 lower sixth 以下的學生在自修時間主要是為
GCSE 而做準備。準備考大學的最高兩個年級的同學，
都會把精力花在做 A-level 舊卷的題目上，練習如何構
建更有說服力的論點。學生只需要把自行寫好的論文，
通過學校的電郵寄給老師，便可以收到論文上的評註

評註和評分作為參考。在臨考試的前兩週，學生無須到教室內上課，可以將時間花在練習論文寫作上。老師會在平時上課的房間按照上課的時段，等候前來向他請教的學生，並面對面向學生分析其文章的弱點和可以多加發揮之處。

　　我對拉丁文感興趣的原因，除了對古羅馬的情結以外，最主要的另一個原因，就是想知道究竟能夠難倒諾貝爾文學獎得主邱吉爾的文法究竟有多難學。當我向教拉丁文的老師表明我有興趣學習後，他也不介意我前去他的拉丁文班旁聽。因為我不是他所教的學生，所以只向他借了本 Wheellock 的語法書自行學習，不希望額外去麻煩他。但遇到有的語法問題，比如虛擬語氣的動詞，就完全無法在英文中找到任何類似的

用法。我原本以為是假定的用法，但卻在 Tacitus 的歷史文獻中發現句子完全不通順，加上作為高度曲折的語言，用傳統的 SVO 結構來分析句構十分痛苦。正當我自己找不到答案時，沒想到在我上古典課的走廊上，碰到這位教拉丁文的老師，他主動問我拉丁文學得怎麼樣了，於是我便向他提出我遇到的疑惑。他約我在下課後當面解答我的問題，並告訴我虛擬語態的動詞有 iussive 的用法，並讓我放棄往拉丁文的文獻上套用英文的句構的做法。

Tutor 對學生的隱私極為重視，每次就算有任何問題都只會站在門邊，以免引起不必要的誤會。就算在進入學生的房間前，也會先問學生是否允許他進入。所以當懷疑有學生私藏酒的時候，會請他先離房，然後再進去搜學生床下的櫃子、抽屜等屬於學校的財產。

記得在上鋼琴課時，我的鋼琴老師在矯正我手的姿勢時，每次都會問 「May I?」，這一點讓我印象非常深刻。

藝術史教室的門口

校長沙龍

玲

　　一間寄宿學校的文化，某種程度上取決於這間學校的校長，校長的修養、魄力，辦學的宗旨，人脈社會地位，很多時候會影響到這間學校的發展。兒子入讀的這間寄宿學校的校長，是一位非常平易近人的校長，本身對於文科教學有很豐富的經驗，也經常在網誌上發表文章，分享他的個人理念，也是英國頂尖私校校長聯會的重要成員。他每個星期會在他的府邸定期舉辦文化沙龍，高年級的同學由每個宿舍的Housemaster指派一位同學，代表自己的宿舍參加討

論。學校一共有男女 15 間宿舍，所以每一次沙龍有 15
位同學參加。

　　沙龍的名字叫「Erasmian Group」，我沒有問過
兒子為甚麼沙龍會取這個名字？我不知道和荷蘭中世
紀的哲學家 Erasmus 有沒有關係？這位 Erasmus 是一
位用「純正」的拉丁文寫作的古典學者，他出版了《論
自由意志》，主張人有自由意志，才有道德上的責任，
批判陳腐的經院主義教育，提倡個性自由，和諧的發
展世俗教育……如果校長沙龍的名字真的和這位哲學
家有關，我猜校長的意圖是鼓勵這些孩子們自由地發
表自己的觀點。事實也正是如此，沙龍在每星期的某
一天夜晚，完成了自修之後在校長的客廳舉行，校長
會準備簡單的茶點，然後和每個孩子大家圍坐一圈，

由校長選定一個話題進行討論，題目涉及的範圍很廣泛，從安樂死，到基因人工改造、政治、生活、醫療、種族、宗教，任何題目都有可能被討論。校長是沙龍的主持人，他會引領話題，引導學生們討論。學生們暢所欲言，各自發表自己的觀點，無所謂正確與否，自由討論才是重點，鼓勵學生對人生和社會進行觀察和思考，才是沙龍的目的。通常沙龍會在一個小時後結束，學生們和校長道過晚安，各自回自己的宿舍。

很幸運的是，兒子被自己的宿舍選中，去參加每週一次的校長沙龍，當他告訴我這個消息的時候，我很興奮，他也很激動。他說他不明白為甚麼 Housemaster 會選自己代表宿舍參加，論英文，他當然不如母語是英文的英國同學，論口才，他覺得自己也

不是很厲害，而且香港的學生相對會比較靦覥，這可是要去在校長面前發言的啊，除了語言，口才，還要有觀察力，分析力和自信心。我跟他說，學校選了你，就是覺得你很優秀，口才是練出來的，不用害怕！

兒子第一次參加沙龍到了校長的家才知道，他是唯一的一個亞洲同學，他覺得很榮幸，也覺得要積極發言，不要辜負了這樣一個難得的機會。儘管第一次有點緊張，可後來，我完全感覺不到他的不安，而是每一次從沙龍回來，都會在電話裏跟我分享一些趣事和不同的觀點。兒子變得越來越自信，越來越健談，和他剛剛初到英國完全兩個樣子。

好吧，他初到英國時，很安靜，不太愛説話，更不用説去主動公開發言，加上陌生的環境，又擔心自

己的英文不夠好，我想他多多少少有點怯場。我記得我在送他去宿舍離開前，跟 Housemaster 說了一下兒子的性格，怕他不適應，Housemaster 聽我講完，就跟我說了一句話，「別擔心，我們會有辦法！」後來發生的很多事情，讓我的確感受到這間學校的老師，真的有辦法。像這次的沙龍活動，如果在香港，宿舍裏一定會派那個最能說，口才最好的同學去校長那裏代表宿舍參加討論。而在這所英國的寄宿學校，他們會派一個需要去鍛煉口才的孩子，於是這個孩子，在這間寄宿學校度過了一個學期之後，已經變得積極發言，毫不怯場，自信的面對每一次公開的發言，甚至我在學期末見各科老師的時候，老師們一致覺得兒子很有見解，思維獨特，也很喜歡和他們探討不同的問題。

　　我在這間學校就讀的兩年期間，對於這個 Erasmian 的活動，一開始還不是很了解，因為我本人的性格，正如母親所言，較為內向，所以是在被點名去參加這個活動的時候，才知道這個活動的存在。我所就讀的那所學校，科目間的老師都會密切交流，並不時會受邀到不同 Housemaster 的宿舍進行午餐。科目老師不時會向 Housemaster 反映學生的強項和科目上值得注意的事，以便讓他加深對學生日常作息的督促並安排利於培養其潛能的活動。至於為甚麼會被叫去，根據 Housemaster 的說法，他認為我比較好鑽研，並且喜歡理論性的分析，所以便打算派我過去。

　　舉辦這個活動的目的，主要是希望對不同科目的某些專題較為熱衷的同學，能夠以自己科目的分析方法和角度來看待某些事物各個層面上的意義。一般而言，給出的題目的形式為：「X 方應不應該對 Y 方或 Y 事件如何」。首先校長會引導參與的學生對於這個行為或現象給出自己的定義，並允許學生對各方的定義作出補充和辯駁。這一個環節結束之後，校長會對學生的定義作出總結，並詢問學生對自己的理解有沒有任何異議。校長對每一個學生比較擅長或熱衷的科目都非常了解，他往往會一一問學生，作為選修這個 A-level 科目的學生，會對這個現象有甚麼樣的理解，對自己的講法有甚麼意見。校長的做法令學生們感覺自己備受尊重。

正如在第一次活動，校長提出，「醫護人員使用 placebo 是否有違道德？」這個議題時，我所提出的看法是大概是：「All ethical statements are emotive demonstration, at their cores it is all the insecurities and emergency of needs, wrapped carefully with words, armed to persuade. With these the world is divided into parties and factions, stances and sides.」大意是我認為所有的道德的陳述，都是服務於人內心某種強烈而不可缺的需求，因為試圖避免某種無法忍受的不安。我向校長提出本身就沒有任何對錯之分，一切道德最初的來源，自於處於不同狀況的人的痛苦和利益。不過校長認為我發言過早，因為他說自己也明白這一個道理，所以，他的慣常做法是在每一個同學提出自己的道德立場時，必須提出自己的依據是甚麼。不少第

一次參與的同學認為這是頗為狡猾但卻明智的一種作法，因為這樣能夠減輕個人提出道德主張的負擔，將一切應否是非推給道德教條。最為困難的部份是嘗試證實自己對現象的見解與自己所引申的道德教條是甚麼。

並非所有在座的學生都對「hippocratic oath」有基礎的理解，所以因為時間的關係，提出者必須向在場所有解釋教條的大義。校長告訴我們依賴與 testimony（依賴他人的陳述）獲得的知識，並不代表其缺乏知性價值，反而他更希望我們能夠在別人提供的先題下，運用別人提供的資源來組構自己的立場。我的回答讓我得到了「虛無主義者」的稱號，但我不斷強調我更偏向於存在主義者。

坐我旁邊那位同學說，他是為了香檳和女孩而來的，而且還說，因為宿舍裏沒人想忍受這些討論，所以派了他來，我說這絕對沒可能，酒和女孩的吸引力如果對於你們那麼大，絕對每個人都想來。這位同學後來成為了保守黨智囊團的一員，主要負責為政黨舉辦青年活動，但我從和他的交談和對他社會現象的態度，都不覺得他多麼具備該黨的黨性，他的生活態度更像是一個波希米亞人。

正如校長所言，避免晚會出現像是類似於 sophist 般的辯論，所以他一開始就強調，希望讓每一個學生暢所欲言，在討論之中並沒有勝負可言，每一個人的觀點都有被考量的價值。他說他更希望學生能夠通過這個活動，理解不同觀點持有者的立場，並讓我們習慣於別人的立場和從中對我們的觀點所產生的批評。

記得他在那一晚結束後，指出勇氣是一個人的首要美德。他引用亞里士多德的話指出，如果你說出任何話，表達過任何立場，那麼必定會有不快的人去批評你，你必須忍受這一切，並嘗試去了解他們的立場，尤其在道德這方面並沒有絕對這麼一回事，不要被他們的意見所擊倒，而是去如何客觀且嚴酷地審視自己的論點，並嘗試提出能夠達到共贏的方案。他經常強調歷史教導我們，價值觀之間的鬥爭常常會導致迫害，這個世界並非往往都是你死我活，他的父母在二戰期間便深深體會到這個道理，他希望自己的學生能日後成為有包容異見的勇氣的人。

上課的教室

Reading Week

玲

Reading Week，我們暫且叫「閱讀週」吧！

在學校假期的時候，學校挑選了十六個男女學生，經家長同意之下，去了一個叫 Alstonefield 的地方。這是一個美麗的英國小村莊，有很多的歷史建築物，也有很多的石屋和綠色的小山丘，但是沒有甚麼 wifi 信號，這意味着一個星期，我和兒子失去了聯繫。

其實學校的意圖是非常好的，他們挑選了一些喜歡閱讀的孩子，三個老師帶隊，在這個山清水秀的地

方，過一些與新媒體隔絕的生活，只可以帶書去，不限制書的種類，但最好是和自己閱讀的科目有關。

　　學生們吃過早餐，就開始閱讀，午餐和晚餐是大家一起動手做。下午的時間，老師們會帶孩子們在室外走路，去參觀一些歷史的建築物或去風景優美的地方走兩個小時，然後大家回來一起討論上午自己讀書的內容，每個學生都要發言。晚上會放電影，老師自己選一些電影，然後大家一起觀看，看完電影也是一起討論電影的內容，因為基本上和書，電影，閱讀有關，所以叫做 Reading Week。可以想像得出，這一週的生活，所有人生活在一起，看似簡單彷彿與世隔絕的日子，但心靈得到了極大的滋潤，對於喜歡閱讀的人，相信是一段非常享受又不會被打擾的時光。

後來我問兒子，他的感覺如何？他說非常開心，不僅是他，他的同學們也非常享受這樣的時光，有的同學是第一次獨自在外面和同學一起生活，覺得新鮮又刺激，而大家最喜歡的是一起討論書中或電影中的內容，可以暢所欲言，各抒己見。儘管生活的條件不是太好，自己煮的東西也未必很可口，但是這次的經歷，成為了他們人生中難以忘懷的體驗。

每次兒子說起他們寄宿學校的事情，我都一臉羨慕，就比如這次的 Reading Week，我也喜歡閱讀，可是年紀越大，閱讀的時間越少，近年更是手機不離手，因為太方便了，所有的資訊都可以在手機找到，不僅如此，所有生活必須要做的事情，也要依賴手機，銀行、電郵，與人的聯絡，買東西⋯⋯很難有像幾十年

前，沒有手機的時代，我們會找一本書，安靜地坐下來，沉醉在閱讀的樂趣裏。現在的我，看到喜歡的書還是會買下來，但要找時間看，我最喜歡旅行的時光，不單是因為旅行本身，而是旅途中有大量的時間可以閱讀，不受打擾的閱讀，所以，寄宿學校的老師們安排了這樣一個閱讀週，是多麼美妙的一件事！

我跟兒子說，等我退休了，我也會在家裏享受一下 Reading Week，關掉手機，謝絕探訪，早上吃過早餐，開始閱讀，中午吃過午餐，出去散步，晚上吃過晚餐，看一場電影……兒子笑着說：好！那我也加入你的 Reading Week 吧，因為看了書後和人討論才有意思，我就充當你的組員，加入和你的討論，好不好？

一言為定！我說。

晉森

　　我的哲學系老師在我上完 lower six 之後舉辦過一次 Reading week，打算找他們覺得最有可能參與活動的同學。十六名同學當中有過半都是來自哲學系的，在學期結束後，來了一架大巴，把我們送到 Derbyshire 的一間有三個房間的房子裏。

　　這次活動的目的是為了讓平時讀不同科目的同學可以互相交流。因為礙於學生繁忙的時間表，所以平時的 seminar 很難有足夠的時間，讓每一個人都去發表自己對一個題目的看法，雖然學生可以自行免費租用學校的場所進行類似的討論會，但仍然會和想要參與的同學產生時間上的衝突。所以成立這個 reading week

就是為了彌補以上的問題。每個同學都可以帶一本與自己學科相關的讀物，在上午的時間閱讀，然後在下午的時候，一邊喝酒一邊討論。

　　如果下午要討論的題目已經擬定好，那麼便由擬定題目的同學先發表他對這個題目的立場。題目也是可以分為說服性的（sophist）和命題不可變兩種類型。前者純粹是每個參與討論的同學，試圖用理由說服自己，支持或反對某種立場，當中並沒有任何意見需要遵從任何絕對的道德原則，也不需要力圖達到某種目的。而後者則是無論參與者如何看待，都必須遵從擬定討論問題者所訂下的道德原則，或是達成某一種現象做為目的，提出的意見則以最能夠達成以上目的為最有說服力的論點。這些都是哲學老師為了避免讓討

論陷入膠着而定下的規則，因為感性立場之爭，基本上不會有邏輯思維的用武之地，只能最後硬碰硬，大家爭到臉紅脖子粗為止。有的同學還嘗試用真值表來證出自己的論點是 valid and sound 的，不過後來因為跟不上大家討論的節奏，只好放棄。

這個星期裏，同學們可以享有很大程度上的個人自由。因為校方沒有付網路的費用，所以我們基本上是被隔離在 Alstone field 的青山綠水裏。有一次因為需要打火機，為了不開夜車去最近的城市買，所以老師便要求學生將悄悄放在客廳的角落的打火機找出，用完後會再放在同一個角落。冰箱裏提供了我們住宿期間需要的所有食物。同學們輪流負責打掃和炊事，一時間有了在村落生活的錯覺。

幾乎在英國的每個城市都能找到書店

貴族精神

玲

　　說起貴族，尤其在電影裏看到的貴族，通常讓我們聯想起華衣錦食，生活富裕的場面。也總是聽人說，英國的寄宿學校在培養孩子們的貴族精神，那甚麼是貴族精神呢？我嘗試在這間寄宿學校裏找答案。

　　不要說華衣我根本沒看到，錦食我也沒發覺，記得我在兒子的宿舍吃過總共兩餐飯，一次是去參觀學校時的午餐，一次是去參加活動被邀請留下來午餐。兩次的食物都相當難吃，不要說錦食，連美味都欠奉，

英國傳統食物出名排行不佳，這是公認的事實。但每年收費不菲的寄宿學校的膳食，這樣的水準，實在想不明白，但是我知道他們的餐單是經過營養師訂出來的，也就是說，營養絕對不會少。

　　除了食物難吃，這間寄宿學校的住宿條件也是相當簡陋。高年級的同學雖然有自己的房間，但設施很基本，一張硬板單人床連床下抽屜，一個簡單的單人衣櫃，一張單人書桌，大家共用洗手間和淋浴，也就是提供最基本的生活設施。兒子去的第三個學期，學習的椅子壞了，學校給換了一個二手的椅子。每個房間的傢具感覺都不一樣，很多是二手的，很陳舊，總之原則上能用就可以，沒有任何舒適現代化設施。孩子們早上要在指定時間起床，然後下樓吃早餐，然後

在上課前要去教堂早會，中午下課要趕回宿舍一起吃午飯，下午去運動，運動完吃晚飯，然後自修課，九點半大家要統一時間關燈睡覺，基本上和軍旅生活差不多。所以，在物質上，和我們傳統認知上的貴族，一點關係也沒有。

那為甚麼還有那麼多家長，把自己的孩子送來這裏「受罪」呢？兒子的同學家長們有的是大法官，有的是國會議員，有的是石油大亨，有的是商業巨頭……原因是，大家都認同這間寄宿學校的教育理念。所謂的貴族精神，是一種能力和風度，可以吃苦，可以忍耐，可以堅韌不拔，可以有風度，可以低調，可以自律，可以有教養，可以有對社會和人類的承擔。學校儘管在學生的個人生活設施方面很簡陋，但在學校建設和

資源方面卻毫不吝嗇，有很好的圖書館、科學館、實驗室、運動場、表演廳……最重要的，學校用高薪和好的福利條件聘請了很多優秀的老師。我之前也提過，這所學校的老師幾乎百分之九十來自牛津劍橋，兒子修讀的四科，三科的老師畢業於劍橋，一位畢業於牛津，宿舍的 Housemaster 也畢業於劍橋。當然英國其他學校畢業的老師也很優秀，但一所寄宿中學可以集這麼多名校畢業的人來心甘情願做中學老師，必定是有原因的。

好的老師，才是一間學校的靈魂，老師們本身承傳了他們認可的貴族精神，那麼，學生們想必也會在日復一日的相處和學習中，慢慢地感受到，他日會成為社會上一名真正的貴族。

晉森

　　大多數英國人，對於貴族這個字眼都十分敏感，一般就算自己的確在血統上是貨真價實的貴族，也不會對外張揚。

　　我們學校擁有德國貴族血統的學生，相對比較容易辨識，姓氏前面多數會加上一個 von 的頭銜。這個 von 的 preposition 大意跟英文的 of 相同，根據那位貴族同學的說法，這種傳統來源自東普魯士說德語的殖民者 Junkers。後來也會有大公將這種頭銜賜給成就顯赫的人，如歌德。不過英國的同學對他的姓氏來源並不是太感興趣，反而喜歡沒事就拿它來開玩笑，在路上遇到他就叫他 von XX，一邊叫還一邊向他彎腰行禮。

學校內有幾位來自英格蘭的同學則是貨真價實的貴族。雖然他們平時並不怎麼張揚，但是在網上是能夠看得到他們的家譜、家族各代人的結婚年齡，甚至能夠看到某些房地產買賣的紀錄和軍人頭銜。其中有一個家裏開酒廠的女孩也在血統上屬於貴族之後，但是和她說話發現，根本沒有任何 Received Pronounce 的口音，她說那是刻意的，因為現代的英國人會對這種如此有階級代表性的口音進行逆向歧視。寫《一九八四》的喬治·威爾便吃了不少這方面的苦頭，所以連卡梅倫在內的許多英國政治家都不傾向在以 RP 的口音和民眾公開發言。但是有一個經常被學生說是得了 bipolar syndrome 的英文女老師說，在二戰時期，BBC 的廣播員全部必須操着無可挑剔的 RP 英語，民間也有許多人會找專門的老師來矯正自己的口音，讓自己的英語聽起來更接近 RP。

我的 Housemaster 説過，沒有任何民族比英國人更 class-conscious。負責入學的主任在最後一年跟我比較熟了以後，跟我説在英國，從一個人的言談便能夠大略了解到他們的背景，有些人故意將英語講的接近標準口音，以掩飾自己的出生。

我留意到最能夠彰顯貴族身份的兩項運動，就是打獵和馬術運動。英國在這方面似乎有這種貴族情結。碰到幾個同學若是家有養馬，都會努力地嘗試將話題往這方面引導，然後順勢以一種不直接的方式去炫耀自己馬的血統和品種有多麼優良，社交媒體上也會不時發佈自己打獵的成果。

餐桌上當然也能看見這種情結的殘影，但多見於低年級的同學之間，因為彼此不熟悉，所以往往在不

了解對方底子的情況下相當禮貌。當自己想拿胡椒或鹽的時候，會問對方需不需要，然後身為一個得體的用餐者，對方必須要回問你需不需要鹽和胡椒，那時候你才能夠大大方方地說你需要。多數沒有人敢去批評這種作風，我發現平時五大三粗的同學在這點上也極為怯弱，但吃完飯上房間後就會聚在一起說那麼做的人很假。在宿舍裏時間呆長了，也不會再有人那麼做，畢竟在吃飯的時候想要甚麼直接說，對大家來說，都比較方便。

吃午餐時，每個年級為一桌，每一桌會分配一個嘉賓（多數是學校與 Housemaster 關係較好的老師或是前來參觀的家長）。由於是長桌的緣故，嘉賓坐的位置都是長桌的兩端，無論坐哪一端都沒有任何身份

尊卑的分別。嘉賓在吃飯前，會在緊接飯廳的會客室喝下午茶和 Housemaster 寒暄，一般會讓一個當日值班的 Upper Sixth 同學在臨開飯前招呼一下。我們在那位同學出來之後，都會圍着他問究竟來了甚麼人，座位會怎麼分配。我們的座位是先到先得，所以如果知道來了些比較不討人喜歡的老師，會想盡辦法離開接近嘉賓席的座位，以免整個用餐時間被人用問題拷問。一般來的若是家長，當然要努力體現各位得體的禮儀，表現出對他孩子的處境十分關心，承諾若是他的孩子入學會多加關照，並主動問他，有沒有不方便問校方的問題可以解答。但是來的若是年輕漂亮的女老師，那麼大家就不會那麼拘束，更有甚者將香蕉當着女老師的面慢慢撥開，然後將配甜點的奶油淋在香蕉的前端，含情脈脈地望着女老師一口一口吃下去。女老師

在過程中也只是吃吃地笑，然後機械地繼續盯着自己的盤子用餐。

我覺得能夠觀察到的，體現貴族作風的作法，與其說是與德性相關的體現，更不如說是一種個人立場的主張，向別人去表現你究竟想要成為一個怎麼樣的人，具貴族風範的事物還是備受英國人崇尚的。與幾位來自柏林的同學一起閒聊，他們說比起英國，德國是唯一完完全全將自己的貴族階層的文化消滅得一乾二淨的西歐國家，英國人反而在對貴族階級的敵意並不強烈，民族性中沒有惡性排斥的傾向。

教我藝術史的老師是喬治四世的後人。他對於自己的家世並不在意，也和我們強調財力與身份並沒有

必然關係，在社交上也不會有顯著的促進作用。一個流着藍血的貴族的行為也可以相當不 noble，所以可見，行為上的貴族性並不受任何背景或是出生的限制，而是對 duties 的看重和對普世價值的實踐。

Royal ascot.

Fauligs 2022

對喜歡藝術的人來說，意大利是個百去不厭的國家。

Art history 意大利之旅

玲

　　兒子的寄宿學校，每年的復活節假期，學校會組織學生去不同的國家旅行，但這不是單純的旅行，而是通常和你學習的科目有關。學生是自願參加的，當然學生旅行的費用是要由家長負責的。中六的復活節前夕，兒子説，藝術史那科會組織同學到意大利旅行，由兩位老師帶隊，一位是他的藝術史老師 K，另一位是他的哲學老師 H。一個星期的時間停留佛羅倫薩、羅馬和比薩，去看那些文藝復興時的經典藝術作品。兒子問我可以去嗎？我當然同意，因為有老師專門帶隊講解，是難得的機會。

在兒子小學五年級的時候，我曾帶他去過意大利，我們從威尼斯用坐火車的方式一直玩到羅馬。當時只有10歲的兒子已經對文藝復興時的建築和歐洲的歷史非常着迷。我每天陪着他，在意大利的豔陽下東跑西顛。他自己找資料，那時候網絡還不流行，他每天帶着一本書，根據書上的指引專程去看他感興趣的各種教堂，博物館。然後每到一處，就興奮地給我講述相關的歷史，我雖然也喜歡藝術品和歷史，但沒有他那麼狂熱和了解，也沒有相關的知識。那時候沒有手機，我也不懂，沒辦法給他提供任何的相關資訊，全憑他自己在書上找，覺得很抱歉，只能盡可能陪他，去他想去的古蹟或教堂。意大利夏天的陽光真的是非常厲害，那次旅行回來，我曬得像個非洲人似的，可是他的收穫很多，所以這一次，可以有機會在老師的指引下參觀，我絕對是非常贊成！

一個星期的時間很快過，我們在倫敦的機場分手，他隨學校飛去意大利，我和先生去了西班牙度假，中間我們有通過幾次電話，每一次感覺兒子都很高興。他說他們在佛羅倫薩住在聖母百花大教堂附近，白天的時候，兩個老師帶着這批學生參觀講解，很多課堂上學過的東西，可以有機會親眼見到，感覺很震撼。晚上呢，大家師生會一起吃飯，喝酒，對，少不了喝酒（還好這次沒喝醉過）。有時候也有自由活動時間，女生們去逛衣服小店，男生們就在城裏閒逛，也會買雪糕吃，「媽，意大利的雪糕真的是世界上最好吃的雪糕！」這一點無可置疑，兒子在香港是不怎麼吃雪糕的人，到了意大利竟然稱讚起意大利的雪糕，可見那裏的雪糕多好吃！

不得不提一下這兩位老師，教藝術史的老師 K，早年畢業於牛津，也是英國一位知名的畫家，據說真的是一位英國貴族，好像家族有封號的，年輕時風流帥氣，很有女人緣，聽說有過很多為女朋友（我感覺寄宿學校的學生們真的很八卦）。兒子說很喜歡上他的課，有趣，內容精彩，在意大利給學生們講解藝術品時，知識比館內的講解員還淵博，我聽得出兒子很敬佩他。另一位哲學老師 H，畢業於劍橋，高高的個子，說起話來聲音宏亮，總是穿着得體的西裝，典型的英國紳士樣子，他也算是兒子的伯樂，當初面試兒子的時候，他也在場，他很驚訝兒子作為一個亞洲人看了那麼多哲學方面的書，而且那麼喜歡哲學。兒子說老師 H 很直率，不喜歡的事情會毫不留情面的指出，有時候會弄得人家下不了台。但他每一次見到我都要

把兒子誇上半天，如果不是兒子之前跟我說過他的性格，我真的以為他在說客套話，看來他是真的很喜歡兒子。兒子的意大利之旅很開心，想必也會在他的人生中留下很深刻美好的印象。

晉森

　　學校每年都會給 lower sixth form 的學生撥款舉辦
與學術相關的旅行。由於教我們藝術史的 K 先生是部
門裏唯一的老師，所以在決定去甚麼地方的時候有很
大的發言權，他在旅行前一個月就告訴我們，絕對不
會虧待我們的。教歷史的 Housemaster 就沒有那麼幸
運，他嘗試在開會的時候説服同事應該去法國北部看
看一戰戰場的原址，其實是想順便逛一逛酒莊，聽説
那裏風景也不錯。不過因為當時課程教的是俄國的十
月革命，所以他只能帶着一群學生去莫斯科參觀戰爭
博物館。

　　這次旅行去的景點全部都是與課程相關的，K 先
生跟很多博物館和教堂的人都有一定的交情，所以館

方連比較隱秘不對外開放的房間也會開放給我們參觀。我們的酒店就位於佛羅倫薩百花聖母教堂旁邊，打開木製的扇窗，還能看見這個建築物著名的圓頂。我們學 Art history 的學生當中，女生的數量比較多，班上總共加起來也只有四個男生，所以在出發前一晚，我們幾個男生很興奮，其中還有位同學拿出自己「私藏」的酒和大家分享，互相討論這次旅行會不會有甚麼意外的驚喜。

我們在上午參觀景點，下午的時間則讓我們自己感受一下當地各個城區的氣氛。令我印象深刻的是，當我們路過 Manfredo Fanti 將軍的雕塑時，都十分不解當時的人怎麼沒有考慮到自己的形象會被鳥糞加冕，因為將軍的雕像上佈滿了鳥糞。後來留意到教堂外牆

上的壁龕裏也有聖人的雕像，我們懷疑這點當時並不是沒有被考慮到，而是放在外面的雕像地位比較高，這是為了宣傳自己的地位而作出的犧牲吧。把雕像放在外牆的壁龕裏同樣能夠被大眾看到，但這遠遠無法比把自己的像立在大庭廣眾上最無法被忽視的一處威風，告訴你誰是這個地方具有掌控權的人。所以我們連續好幾天晚上的集合處就是在鳥糞加冕的將軍雕塑的腳下。

意大利的城市白天和晚上的景象大為不同，彷彿在晚上就換了一張臉一樣。白天在日光下條理分明的建築和冷漠穿梭的人群，到了晚上，便似乎被酒神賜予了神秘的力量，每一個人都在音樂的伴隨下亢奮起來……我們也一樣，在酒精的作用下，每個同學都敞

開心扉去彼此交談，包括所有內心深處的焦慮和時常困擾我們的問題。其中一位女生，因為無法掌控自己的酒量而醉得很厲害，將自己身上衣服的扣子全部扯了下來，我們當中有人開玩笑說她喝醉酒的表情就像在羅馬參觀過的 ecstasy of St. Teresa 的雕塑一樣。

這個雕塑由文藝復興時期的雕塑家 Gian Lorenzo Bernini 所雕刻的，主要是想描繪神學家兼聖人 Teresa 在體驗到聖靈的愉悅時所表露出的表情。然而那個表情實在很難不讓人聯想到性，所以連當時的教廷都對此私底下有許多微言，但是又不敢公然表露自己居然對堂堂神學家的神跡體驗，聯想到如此有違教義的事，加上地方大公們對神學家和雕像的的賞識，所以教廷也一直沒有就此事有所追究。

每個宿生的門上都會有自己的名牌

英國人小圈子

玲

英國的寄宿學校一般是 13 歲或是 16 歲入學，有的朋友問我，16 歲才把兒子送出去，會不會太晚？晚的意思是說，其他孩子一早在一起，彼此了解，也成了朋友，後來加入的孩子會不會沒有朋友，融不進英國同學的朋友圈？

這個問題我之前也考慮過，不過與其擔心他能不能融進朋友圈，我更擔心兒子在青春反叛期的時候，會不會結交一些對他影響至深的「豬朋狗友」？每個

孩子的情況不一樣，有的孩子很早就顯出超強的獨立性，這樣的孩子一早送出去也不會有太大問題。但我家兒子不是外向型，比較喜歡思考，我需要在和他相處的時間裏，確保他已經有了完全正確的人生觀和價值觀，我才放心讓他出去。他出去讀書的時候，雖然還是個孩子，但是分析解決問題以及獨立思考的能力，足以讓他可以不會受到外界的不良影響，所以，我選擇在他成熟一點的時候，才送他去留學。

那麼，他到底可不可以融入英國同學的圈子呢？現在看來，融入得很好，那些中學的同學直到現在也一直與他保持着聯繫。有一年的夏天，甚至收到英國同學的邀請，參加他的家族在 Ascot 的皇家賽馬，兒子去了才知道，他是唯一被邀請的亞洲人，被邀請的人

除了家族成員，重要賓客，還有幾位寄宿學校的同學。
那是一次大型的賽馬日，同學的家族有馬參賽，據說
後來贏了比賽，全部人又到了倫敦的酒店慶祝，玩到
半夜……

　　後來兒子才知道，他的中學同學大部份家族經濟
實力非常雄厚，可是那些孩子們在學校裏，不顯山不
露水的，非常低調。學校老師也肯定知道這些孩子的
家庭背景，但老師們也不會對哪個孩子特別的關照。
但可以融入英國同學的圈子，也不是件容易的事情，
也是要過三關的。兒子説，當英國人開始和你聊八卦，
然後邀你去作客或一起喝酒時，才開始真正把你當朋
友。

那你是怎麼和他們成為朋友的呢？我知道兒子的宿舍那幫同學的圈子，都是從小一起長大的，有的甚至在幼兒園已經認識，他們可以把兒子，一個外國人，當成真正的朋友，其中或許是有些原因的。

　　「我很誠實，有話直說，他們覺得我可以信賴。」兒子說，「這麼簡單？很多人有話直說還會得罪人呢。」我不太相信這是他贏得友情的重要原因。果然，他跟著說：「我不出賣他們。」嗯，我想這才說到了重點，到底甚麼事情，讓兒子沒有出賣他們，自然兒子也不會對我出賣他們。大概的故事情節是，那幫孩子好像做了甚麼違反校規的事情，而兒子恰巧看見了。第二天，老師發現後覺得兒子的房間是離「案發現場」最近的，於是來問兒子有沒有看見？儘管不是甚麼嚴

重的過錯，可是那幫孩子還是提心吊膽，他們很擔心這個香港仔，會一五一十的把事情的經過告訴老師。但是兒子堅持說他睡着了，甚麼也沒看見，老師也沒辦法，而那幾個調皮的孩子，躲過了一次懲罰，自此之後，兒子得到了他們的信任，「當然，信任是第一步，還有很多事情，沒辦法一一跟你說，總之，我現在是他們中的一分子，大家沒有甚麼秘密啦！」

我聽完，翹起大拇指，他日行走江湖，出外靠朋友，講義氣還是很重要的！

晉森

　　我剛來到宿舍參觀，在那裏吃第一次午飯的時候，同年級的同學還不太肯定，我將來會不會和他們成為同學。剛一坐下來，他們便圍上來和我進行自我介紹，老實說，我那時候一上來也記不住太多人的名字，所以和每一個人說話都盡量不稱名道姓。等頭盤吃完，上了主菜後，他們才不再客套，探頭過來問一些比較個人的問題。「嗯，怎麼說好呢，你喜歡男孩還是女孩？你要知道我們這裏雖然很有包容性，但是有些事情還是趁早問清楚比較好。」「你和多少個女孩有過經驗？甚麼？你沒有！不用擔心，你來這裏以後大有機會。」不過後來聽他們說，為了預防萬一，所以當初才問我那麼多問題。

如果他們吃完飯後，一起和 Housemaster 反映，表示對我極度反感，雖然不至於將來有欺凌事件發生，但 Housemaster 也會考慮讓我申請去別的宿舍，以免讓日子過於難熬。

　　我在學校呆了一個月之後，領悟到如果你有甚麼秘密，千萬不要和那裏的同學說。我記得有一次只是和兩個同學一起聊女孩，他們都非常羨慕我選了藝術史課，因為那裏大多數都是女生選的課。他們先是對那些女孩發表一些頗為大膽的議論，然後再問我的意見，我記得當時誇過班上一個女孩的眼睛很漂亮，結果第二天上課那個女生就面帶挑釁的笑容，睜大眼睛在我面前不停的眨，害得我連大氣都不敢喘一口，一直假裝聽課盯着老師的方向，將臉板起來掩飾內心極度的尷尬。

除此之外，他們成功在短短一個月以內，讓我產生英國人是最喜歡在背後議論別人的民族的印象。三天兩頭就會有一個同學跑到你的房間裏跟你說某某人的壞話，叫你一定要保守秘密，不能告訴別人。我就叫他 K 同學吧。過了兩天，那位被他議論的 C 同學走到房間裏跟我說，K 同學在我背後說對尼采那麼感興趣，究竟會不會有法西斯傾向？不但是在同學之間，甚至是在老師間也是，這種輪流換夥伴分享秘密的國民運動，在我上學的短短兩年期間基本上沒有停過。就算房間裏只有兩人，你的私事說了出去，就要最好有被整個年級知道的心理準備。

這只能這麼看這種現象：說別人的秘密可以讓自己擁有優越感，所以都是些無關緊要的事，可以讓自

卑的人防止抑鬱。但是你要是以為他們某天用誠懇的眼神望着你，看似要跟你敞開心扉地說某件「很私密」的事，就等於被他們的圈子所接納，經驗告訴我，這絕對是一種天真的想法。

我們某位出自於聖三一學院、教宗教哲學的男老師，經常給人傳他是同性戀。不過我對他印象深刻不是因為他性取向的傳聞，而是他對我們宿舍房間上全都釘上金屬名牌的由來所做的解說。他說以前的莊園主請客人來宅裏作客，因為知道男男女女一定會跑到別人的房間互相巫山雲雨一番。所以為了避免在管家早上起來前能夠順利回到自己不熟悉的房間，所以才有這麼一個傳統。不過他說，只要利益的形狀不變，圈子的樣貌也不會變，當時那些被人抓到偷情的男女

們，最後還是按照婚約結了婚。這些都是來自維多利亞時期前的民族趣聞，當時的英國人話語的粗俗程度讓人難以想像維多利亞時代古板有禮的英國人居然和他們是同一個民族。

代表學校去倫敦參加劍擊比賽

生命在於運動

玲

　　生命在於運動，這句話説得有道理，很多人也贊同，但是能做到每天都運動的人，實在是太少了。是我們不熱愛生命嗎？當然不是，是我們的時間太少，大人尚如此，孩子就更不用説。我的兒子在小學的時候是個很活潑的孩子，可是越大越安靜，動得越來越少，到了中學，排山倒海的功課補習，除非你是非常有意識的擠出時間運動，否則，每天甚至每週的運動時間都少得可憐。這可能也是香港的孩子戴眼鏡的特別多的原因之一吧！

兒子去了英國，其中一件令我非常開心的事情，就是每週都有了足夠的時間運動。這間寄宿學校規定，每星期五天上課日，除了有一天的下午要參加社區活動之外，其餘有四天的下午，要有兩小時的運動，你要選擇兩種自己喜歡的運動。

　　兒子選了他擅長的劍擊和羽毛球，去了一個學期，人明顯的比在香港結實了。或許有的家長會擔心，最後兩年考大學前是衝刺期，一個星期花四個下午運動，那會不會耽誤學業？其實是不會的，在英國，中學裏的運動是必須參加的，因為學校認為，運動不但可以鍛煉出好的身體，還可以培養一個孩子的品格，自信心，團隊合作，紀律性。所以當一個孩子在運動的時候能夠持之以恆，那他在學業上遇到困難也會堅持下

來。英國的寄宿學校認為，體育，是一門高尚的學科。除了每星期指定的運動，學校還會經常舉辦各種比賽。兒子曾代表學校去倫敦參加劍擊比賽，儘管沒有取得名次，但他老媽我還是高興了老半天，畢竟是一次難得的體驗，但讓我更加高興的是，他在另一次馬拉松比賽的表現。

我知道他在香港從來沒跑過馬拉松，他說去跑馬拉松，我嚇了一跳，但是消息到我耳朵裏的時候，他們已經跑完了，所以，我緊張也沒有用。原來這個馬拉松比賽是學校的重要活動，全體師生都會參加，但是學校不強行規定你一定要跑，如果你體力不夠，你可以全程走下來，參與才最重要。我看到 Housemaster 發的祝賀電郵，才知道我家兒子全程跑了下來，我在

電話問他，「你可以啊？竟然有體力全程跑下來，之前練過？」

他的回答讓我哈哈大笑，「媽，你不知道，我跑到一半時，其實很辛苦了，我心想，要不走到終點算了，這時候我聽到身後有個女生的喘氣聲，一直跟在我後面，天啊，如果這個時候停下來，豈不是讓後面的女生笑話，於是我咬牙堅持住，就一直跑到了終點。」我剛想說，看，你們男生就是愛面子，怎知兒子接着說：「到了終點，一回頭，才發現，不是女生，是個低年級的男生，可能沒變聲，所以喘起氣來像女生一樣！」

看來要感謝那個小男生，因為他，讓兒子發現了自己的潛力，也體驗了一次辛苦堅持的滋味！

Game. 7.1
比赛. 花冷 2022

晉森

　　在英國的寄宿學校，每週除了星期六日，都必須
在吃完飯後參加 games。所謂的 games 就是各種球類
活動、劍擊和高爾夫球等的活動。學校當然也有舉辦
像是瑜伽班這種伸展運動，但多數都是女生參與，也
有一些比較厚臉皮，又自覺自己稟賦過人的男同學混
在裏面。

　　有一位現已成為愛丁堡大學的醫科生，當時不太
喜歡做運動，和我説他入學不久聽到有 games 的時候，
還感到很嚮往，沒想到居然是要被人強制做運動，感
到非常頭疼。他嘗試和自己的 Housemaster 商量，因
為上午有課，所以希望能夠利用下午的時間專心複習

功課。不過運動時間頂多也是兩個多小時，所以比較難說得過去，也只能硬着頭皮去打羽毛球。

Games 具體活動項目是可以供學生自行選擇的。最令我感到新鮮的是真槍射擊活動，本來也想試試開真槍的感覺如何，不過我的 Housemaster 告訴我，這種運動根本無法對肌肉進行到任何訓練，因為只會讓大概五六個學生，共享一把後座力微弱的獵槍去射前方的靶。槍身也是被鉚釘固定在座機上，加上學生在射擊前，需要教練對所有護耳的安全設備進行檢查、調好身姿後，才能在他的指令下進行射擊，所以需要自己用力的時間非常短。

我最後還是選擇了劍擊，作為一個學期 games 的項目，中間也的確替學校在外參加過一次比賽，不過

最終也未能夠入圍。學校本身也會設有專門的校隊，但訓練時還是會和非校隊的成員一起進行訓練。如果你在比賽前的那個星期和教練要求參加比賽，基本上他也不會拒絕，只要你心理上能承受輸得很慘的下場就可以了。

關於 games，校內本身也流傳着一則有趣的來歷。由於學校的校規，明文禁止在學校的財產範圍內進行性行為，學生若是違反了這條規定便會被開除學籍。但小鎮內不屬於學校財產的地方多得是，所以學生也不是沒有辦法。在上宗教哲學時，負責教道德的老師說，games 的傳統是來自於 19 世紀的 public school，因為害怕青少年精力太旺盛又有太多空閒的時間，所以才期望通過做運動來壓抑他們積壓在內心深處的性

衝動，以免發生任何令人遺憾的事。對這種說法我也早有聽聞，不過親耳從老師那裏聽到，感覺還是有點不一樣。

生命在於運動

Housemaster 的一家

玲

　　Housemaster 的一家有五口人，嚴格的説是六口，還有一隻狗，也是他們的家庭成員，三個孩子，兩個女孩子，一個男孩子，他們一家人和我的兒子，還有其他男孩子一起生活在宿舍裏。英國的宿舍是 house 制，每一間 house 都有自己的名字，而 Housemaster 是宿舍的關鍵人物，因為每一個宿舍的文化都不同，Housemaster 一般任期幾年，因為想孩子在成長的過程中有相同的 Housemaster 陪伴。不是每個老師都可以成為 Housemaster，他必須有傑出的能力，兒子宿舍的

Housemaster 除了本身的背景亮眼，性格和接人待物的方式，也令我很佩服。

要知道，這個家庭一天到晚和孩子們生活在一起，孩子們每天面對的不單是 Housemaster 對他們的照顧和管教，某種程度上，這個家庭成員之間相處的一言一行，也會影響到這些孩子將來的家庭觀，人生觀。

兒子宿舍的 Housemaster 是個很溫和的人，很多宿舍裏發生的小事，都讓我感覺他很愛孩子，就算有時候有學生做錯事，他也會給那個孩子留面子，給他改正的空間，很多時候，鼓勵大過懲罰。週末的晚上，會和高年級的孩子們，像兄弟一樣聊天，從生活到政治，到怎樣和女孩子打交道，這種方式的教育，往往讓孩子們受益良多。

他和他的太太，其實扮演着一個大家庭的家長角色。試想一想，一個真正的家庭，父母天天吵架，是讓孩子多麼厭惡和疲倦的事情，反之，恩愛的父母，孩子的安全感會好很多，在宿舍也是如此。Housemaster兩夫妻很恩愛，而他的太太起到一個協助他的作用，同時又照顧好三個孩子。有時我很佩服有的英國女人，他的太太就是屬於這一類，她不僅要上班，還要照顧三個孩子，自己還在讀博士。家裏完全沒有工人，但是每次見她，她都是面帶笑容，穿戴得體，把生活打理的井井有條，沒有一絲匆忙凌亂的感覺。或許有這樣的家庭背景的老師才會被選來做Housemaster，他們日常的一言一行，相處模式，也會影響到這班小男生。我聽兒子說，他們的同學都說以後要找像Housemaster

的太太一樣的女人來做老婆，他們自己的家庭也要三個小朋友，看，這就是影響的力量！

說到這個家庭，不能不提他們的狗，那隻狗在我第一天到訪的時候，就在客廳撒了一潑尿，所以我印象非常深刻。英國人不會因為客人到訪而將狗鎖起來，他們對待狗和人一樣，甚至有時比人更親切，狗是家庭成員的一分子，所以狗在家裏有充份的自由，包括客人來訪的時候，也可以自由出入。

我本人很喜歡狗，兒子也喜歡狗，其實多數的孩子都喜歡狗，因此，可想而知，那隻狗有多受歡迎，每個年級的孩子都喜歡牠，狗也喜歡那些孩子，聽說尤其是在吃飯的時候……很可惜，兒子告訴我，同學

告訴他，宿舍裏 Housemaster 的那隻狗不久前過身了。
這可是一個非常悲傷的消息，要知道那隻狗，不僅是
Housemaster 一家的摯愛，也是這些曾住在這間宿舍的
孩子們的集體回憶。

110   Housemaster 的一家

晉森

　　第一次來到學校，我的 Housemaster 便親自在學校的會客室那裏接見我，然後帶我和母親去宿舍參觀。他在介紹自己的太太時也不忘誇獎她，說雖然兩人都出自於同一所大學，但還是比自己聰明。Housemaster 的太太是個非常安靜典雅的女人，在各種社交場合時也從來不見她搶老公的風頭，但私下裏我們知道她其實挺能說的，言談也相當風趣。就連我們那一個 form 宿舍裏的同學，都一致認為她是一位賢妻良母，是現今世代僅有的幾朵 English Roses 之一，對她相當尊重。

　　我的 Housemaster 跟我們強調過，除了必要的 commitment 之外，其他我們的私人生活，他都不會加

以干涉。他自己年輕的時候也曾經有段非常叛逆的時期，與宿舍的冰箱上貼着他年輕時的照片相比，現在作為 Housemaster 的他簡直是相當的寬厚和藹。

Housemaster 覺得，如果孩子想要背着父母做一些事情，無論如何規管，最後他們還是能夠悄悄地給自己的慾望找到一個出口。在明面上管得越多，作為孩子的只會往更黑暗的地方去找這個出口。但他在教育自己的孩子時，也會搞 choice architecture，盡量讓孩子避免任何會對他們的健康和潛能造成潛在危害的事。

Housemaster 有時候也會將一些比較個人的問題提出來問我們這些年輕學生，我覺得這方面是很有人情味的。關於自己教育子女的問題，他自己坦承有時候

也不太確定究竟自己給他們的安排是否會對他們往後的人生有任何實質的助益，所以越是不肯定，則越偏向比較保守的方式教育孩子，把一些在自己身上行得通又不過時的經驗傳教給子女。他說，他當然希望子女將來能夠找到自己價值觀並為其生活，但是符合社會規範而被社會所接受，還是會讓他們的機會多很多。坐在同一桌的哲學老師，當然也就這件事發表了不少看法，認為存在先於本質，每個人的價值只能通過自己的才能被找到，所以不順應人心的事最好少干涉。

我向來覺得英國人對自己子女的發展持放任的態度，實際情況卻並非完全如此。我們 house 裏的同學，每一個人與前途有關的活動和機會，背後都有父母的支持和幫助，同學中也有不少人畢業後打算延續父母

事業的路線。雖然哲學系主任本身不是一個父親，不過可能是為了增進同事間的關係，Housemaster 也會當着眾人面請教他某些問題，但在平時私底下也經常互相就各種課題展開激辯。

曾經身為律師的 Housemaster 也提醒我們結婚要謹慎，不要試圖以婚姻來暫時解決感情中的問題，因為它的本質是一份合約，兩個人在一起，一定要互相將彼此的義務講清楚，這樣便能夠減少摩擦，走得更遠。不過這一點我們當然都知道，所以對於成家立業沒了像以往那一代的熱忱，常談中更對結婚的必要性提出質疑。在新時代這片畏婚的氛圍下，我覺得 Housemaster 的一家實屬難得締結的良緣。

不打不相識

玲

　　在送兒子去寄宿學校之前，聽過各種各樣的傳聞，其中最讓我擔心的，是會不會有校園霸凌的情況，但有時候這種事情，是很難看表面的數據就可以掌握到的。

　　兒子的個性不是一個主動生事的人，但我也告訴他，絕不可以被人欺負，起碼打架的時候，你要處在贏的那一方。我想了一想，體力上亞洲孩子可能比較吃虧，但我們可以以巧致勝，我請了一個詠春師傅，

在他臨去英國的幾個月前學習詠春，我認為這是一個可以快速學習的功夫，起碼可以防身。事實證明，我想得太多了，這間寄宿學校紀律嚴格，校規很明確，學校霸凌屬於非常嚴重的違規行為，一經發現，馬上開除。加上學校在收生方面也非常嚴謹，不是甚麼張三李四全都收進來，除了入學考試，還有面試，還要求學生提交在原校的學術成績，不同老師的品格推薦信，還有家庭生活背景……加上宿舍老師 24 小時全天候生活管理，發生校園霸凌的機率幾乎是零。反正在兒子就讀期間，沒有發生過，也沒有聽聞過有類似的事情在同學的身上發生。

但是，男孩子的世界，打架，還是會有的，這是他們成長的一部份，青春期從來不打架的男孩子，比

較少見，為了不讓我這個兒子口中的緊張大師擔心，兒子在寄宿學校的打架事件都是後來他上了大學，和我閒聊時才從他口中得知的，他向來對我都是報喜不報憂。他說那是他唯一一次在寄宿學校打架，但事出有因，後來兩個人竟然成了好朋友。

那是在他準備大考的前夕，壓力大，時間也不夠用，他們這些高年級的學生，那段時間週末也會在自己的房間溫書。可是比他低一屆的學生，當時並沒有考試的壓力，有個低年級的孩子跑進他的房間，要知道他們的房間都沒有鎖，也不可以自己上鎖，他和那個孩子解釋說他要準備考試，請他出去，可是那個孩子可能覺得兒子平日裏脾氣好，所以不但不出去，還跑到兒子的床上亂跳。兒子沒法跟他講道理，就把

他抱了出去，送到門外，告訴他不要再進來，他要溫書，兒子關上門。剛坐下了，打開書本，這個孩子又闖進來，手裏還拿了一隻塗改液，然後在兒子的書上亂畫，兒子説當時他真的很生氣，一下子急了，他抓起這個孩子，兩個人扭扭打打。兒子 1.83 米的個子，那個孩子顯然不是兒子的對手，兒子把他拖到淋浴間，開了水龍頭，跟他説，你在這裏冷靜一下，然後回自己的房間溫書了……事情鬧得這麼大，宿舍的學生們都在圍觀，有的孩子跑去告訴了 Housemaster，但 是 Housemaster 並 沒 有 干 預，據 那 個 孩 子 説，Housemaster 聽完來龍去脈，説了一句，連兒子這麼好脾氣的人都出手了，説明他該揍！

事情發生了一星期後，輪到那個孩子的年級要考試，那個孩子有一個題目不明白，問了幾個人都不知道答案。兒子坐在一旁聽到他和別人問問題的內容，那一科是兒子的長項，兒子決定還是去幫幫他，他主動走過去給那個孩子講解那道題目，問題解決了。從此以後，那個孩子對兒子非常好，包括他周圍的朋友，這真的叫做不打不相識，男孩子，很多友情，可能就是在這樣打打鬥鬥中建立起來的。

晉森

一群男學生擠在宿舍裏，難免會發生衝突。記得我剛進來時，有位同是香港人，比我年長一歲，身強體壯的師兄跟我說，要是誰欺負我，便和他講，他會替我出頭。

不過基本上欺凌事件根本沒有發生過，在我那一個年級的同學都彼此互相尊重，若真有任何意見不合的地方，也只是會敲對方的房門，然後好好面對面說清楚，加上大家還有兩年便要離校了，誰都不想讓自己的高中生活回憶多了一抹不愉快。

宿舍裏同齡的同學，基本上對自己的言行甚為謹

慎，在飯桌碰到比較敏感的話題，如與政黨、民族相關的話題，大多會保持緘默。和他們在一起的集體生活，能夠發生衝突的點，除了確定宿舍職責上的分配以外，一般都沒有甚麼其他意見不合的地方。年齡比較小的同學之間，可以發生衝突的機會比我們多許多。從相互間的嫉妒、某人發現某人在他背後散播對其不利的謠言，到音樂聲過大影響其學習，佔用浴室洗澡時間過長導致別人無法早睡，這些原因都有可能引發劇烈程度需要老師介入的衝突。

我認為年輕的男孩子血氣方剛、好於爭辯是種健康的表現。但是將精力全部耗費在我們看來毫無意義的小事上，有時的確讓人啼笑皆非。有一次兩個 lower fifth 的同學通過短訊相約，每人帶一瓶朗姆酒回宿舍

一起喝。結果其中一個在宿舍因為四處向別人張揚自己有酒的事，導致結果酒被 tutor 在巡房時沒收了。另一位帶酒的同學在這件事發生後，就不再敢把酒拿出來，就連自己偷偷喝悶酒也不敢。那位被沒收酒的同學，晚上悄悄問把酒藏在掏空的書裏的同學，讓他把酒就給他喝一口，結果被對方斷然拒絕。於是他一怒之下將兩人的信息內容拿給當值的老師看，讓對方的酒也被沒收。兩人當着老師的面互相對質，一個強調要「公平」，指責對方小氣，另一個說對方是個叛徒，是個「back stabber」。

如果想要看管低年級的同學睡覺的 duty 變的輕鬆，那麼就必須學會如何跟年級比自己低的同學相處。面對這些同學時，我自己的教訓是千萬不能夠太好說

話，否則他們會覺得你沒有甚麼清楚的底線，在生活的方方面面都對你得寸進尺，這一點可能在所有的關係當中都如是。

因為我自己在他們的年齡時，十分憎惡某些高年級領袖生，得到一點點小權便耀武揚威，所以告誡自己，必須在當值時要對低年級的他們態度和善。所以我懷疑，自己可能當初對某些比較叛逆的學生提出的所有要求都盡可能地加以滿足，所以一旦要求他們遵守規則時，都不被理睬，後來只有把某些關鍵的事情鄭重說明了以後，可能大家都不想接下來的日子過得太難看，所以彼此之間都相當禮貌。

當我升上 upper sixth 時，低年級的他們也升上了 upper fifth。他們當中有位同學因為哲學方面有些問想請教我，我們就 personhood 和死亡的議題談了起來，我告訴他我很欣賞他對某些現象獨特的見解，他也客套地回了幾句，兩人的關係也逐漸變得緊密。

英國大風雪來臨的日子

領袖生

玲

英國寄宿學校的領袖生，是由高年級的同學來擔任的，其實就像是學校的風紀，幫學校維持紀律，通常負責對低年級的管理，別小看這些「民間小官」，權力可大呢！因為他們可以對低年級的同學做出工作的分配，或者賞罰，而低年級的同學必須服從，據說這樣的傳統是為了訓練孩子們的領導才能。

「會不會有不公平的現象呢？」我問兒子，因為他是高年級的學生，也是其中的一名領袖生，「應該沒有吧」兒子說，「其實我們主要的工作就是負責讓

低年級的同學睡覺，」他補充了一句，「有時候挺頭疼的，有的低年級同學根本不聽。」在這間寄宿學校，低年級同學晚上的睡覺時間是比高年級早一個小時的，而且低年級的孩子是幾個人一個房間，一起睡在一張大床上。高年級的領袖生會每天輪流當值，負責在低年級的同學睡覺前，收回他們的手機，然後第二天才還給他們。這樣做，據說是防止低年級的學生無節制的打遊戲或上網，保證他們充足的睡眠。收完手機，當值的領袖生要負責看管低年級的同學睡覺，直到他們睡着，通常要當值一小時，然後自己才離開去洗澡睡覺。

「他們好多時候給我們的是假手機」，兒子說，「甚麼意思？玩具手機？」我問，「不是，他們會有

兩部手機，一個真的，自己用，比如 iPhone，另一個很舊的，是供我們收的，」我覺得好有趣，真的上有政策，下有對策，「那你們怎麼辦？」我接着問，「能怎麼辦？其實有的根本不睡覺，我們一離開就起來玩，還有的過度活躍，怎麼說也不聽……」感覺他們做領袖生並不是如想像中那麼輕鬆，這也是一件好事，如果將來出來社會做管理，也會遇到形形色色的人，也會遇到不守規矩，不聽指令的下屬，現在有點體驗也不錯。

「那你們遇到不守規矩的低年級同學，怎麼辦呢？告訴老師來解決嗎？」我很想知道這些領袖生，遇到難搞的學生怎麼辦？「我們不會告訴老師，第一，老師覺得我們應該自己解決問題，第二，告訴老師也顯

得我們很無能，我們會開會自己想辦法，或者在制定一些補充的規定，總之會自己解決的」，我覺得第二條才是重點。

話雖這麼説，但兒子是個超級心軟的傢伙。我第二次在他宿舍吃午餐時，剛好和一群低年級的孩子一桌，大概 13 歲的年齡，小傢伙們很可愛，也真的很活躍。聊起他們最喜歡的運動——橄欖球，大家一下子興奮起來，這個告訴我他曾斷了兩根肋骨，那個説他的手腕曾扭傷過……他們都知道我是兒子的媽媽，我悄悄問他們，兒子在領袖生當值時兇不兇？他們都笑着搖頭，一起説：他最好了，很遲才會收我們的手機……後來我問兒子為甚麼很遲才收他們的手機？他説，「他們那麼小，在這裏可能很孤獨，也許想和家

裏人通個電話才睡，那我就等他們講完電話才收就可以了呀⋯⋯規定也是要他們好好睡覺，他們最後好好睡覺就可以了啊！」

我暗自高興，生了一個有同理心的孩子！

晉森

　　我在成功申請入學之後，並沒有對英國固有的
領袖生制度有太大的憂慮，純粹是抱着好奇的態度
打算去體驗一下。因為自己一入學便是 Lower Sixth
Form，所以只有 Upper Sixth Form 居於自己之上，而
這些將要畢業的師兄在校的最後一年面對 A-level 和申
請大學的壓力，也不太可能有餘力去在乎這些即將會
對自己人生沒有大關係的制度，所有就算是忍氣吞聲
也只是一年而已。

　　每個學生正式入學後，會被派發一本小冊子，上
面明文規定高年級生的權力和職責範圍。不同的職責
範圍有相應的特權，擔任該職務的學生，有權穿戴與

自己身份相配的領帶款式，和在宿舍內住比較大的房間，不過對於渴望能夠擁有個人時間的同學來說，不算有太大的吸引力。負責管理和輔導 4-5form 的職務只能在學生升到六年級才可以向學校各單位申請，如成為管理低年級的 tutor 和輔導者就要在 lower sixth 結尾的時候就要向 Housemaster 表明意願，但想要成為 school prefect 和 school captain 必須向校長本人申請，在諮詢過教過他們的科目老師後，代表校董會給予准許。

然而 house captain 的人選是由 Housemaster 本人親自決定，多數是選 lower sixth 裏頭社交能力相對較強、在宿舍呆的時間足以了解整個宿舍每一位成員的個性和困難的人來擔當。在一個 term 當中 Housemaster

會經常邀請 upper fifth、lower sixth 和 upper sixth 的同學分別參與聚會，除了了解他們在學業和生活上的困難和感受以外，也順便透過他們來了解一下，他們對其他年級的成員有甚麼特別的意見，而這些意見也會在決定 house captain 的人選中有着一定的份量，尤其是來自最為最低一年級的 fourth form，和有被戲稱為「樞密院」的 Upper Sixth form。

在 lower sixth 的下半學期，學生會被指派去管理比自己年紀低的學生，監督他們在房間是否在學習和在晚上負責收他們的手機。學校相信這些職責是最能夠體現一個人的秉性，通過給你一點點小小的權力，看看你究竟會不會妥當地掌握好度量，去完成被指派的任務。這些具體的表現都會被 lower fourth 的學生看

的最清楚，就算是他們對你有負面的看法而誇大你的不是，Housemaster 也在會上表明，絕對不會選一個讓大部份成員感到反感的人，來負責學生內部的大小事務。所以想在當選的最後一年才扮親民、和年級比自己低的成員打好關係，也很難改變別人對你的成見。

Housemaster 有一次在聚會上，被問及領袖生特權的問題，他說學校有意讓所有特權的持有者，有與權力具相應程度的個人犧牲，以圖增加這些權力持有的正當性，也會盡量減低其他同學所感到不公和不快。這些犧牲必須與所負責的職務相關，並與特權成正比。這一點我也深有所感，雖然沒有被明文寫出，但這條原則基本上在學校所有的規條和宿舍內的作息規律都顯現出來。

剛來到宿舍時，所以人都很喜歡敲你的房門，和你強調你的 duties 具體是甚麼甚麼，同學在講述自己完成了自己的 duties 時，有一種道德性的自戀感，同時語氣中也帶一種，我對你們的義務到此為止的感覺，彼此互相尊重，互不干擾，這一點就讓我感到很舒服。學生在為學校或宿舍做了超於自己義務的貢獻時，也會被給予某些特權，如豁免參與某些活動以增加休息時間。

　　面對不願意服從規定的低年級學生，負責管理的高年級生有權懲罰他去清潔廁所或是到廚房洗碗，但由於大部份高年級生在低年級時都極度厭惡這種行為，而且別人對你一旦心生抗拒，以後也很難願意服從你任何的要求，所以在我的宿舍，基本上從未被執行過。

所以 upper sixth 的學生，教我們問他有沒有甚麼急迫的理由，需要做與規定相違的事情，但前提是必須過問 Housemaster，看看有沒有這麼做在章程上的可能性。一般來說這些低年級生都不會再對宿舍和學校的規則有任何異議。

學生大部份的時間都是在宿舍學習，所以大部份的時間也是依據宿舍的規定生活。Housemaster 的權力也被這些規定所約束，其權職範圍也在學校所印的小冊上清楚列明。與其他權力相比，更能使 Housemaster 這個職位的獨特性突出的，是其擁有 loco parentis 的權力，可以代替家長來行使某些家長對於子女應有的法定義務。

所以每個人的權力都是學校規章下的產物，其所有權力的運用也是為了更好地達到學校辦學的教育目的，力圖以最大程度避免住宿生活上的摩擦。Housemaster 也向我們強調，宿舍的規定也是為了更好地體現「rule of law」的本質，也就是每個成員的權力和義務都由某種程度上諮詢過大家的程序所通過的規定來定義，規矩凌駕於個人意志之上，以便每一個人的權利都能通過另一方履行自己的義務而得到保障。

家長會

玲

　　說真的，因為工作忙碌，早年在香港，兒子的家長會，我沒出席過幾次，印象中家長們都要坐在自己孩子的教室裏，先聽學校統一的講解，然後各科老師在教室內再分別見家長，通常成績最好的和成績最差的，老師會比較多話講，老師在跟家長談話時，其他家長就在旁邊，多多少少可以聽到一點別的孩子的內容。

　　兒子去了寄宿學校後，我第一次收到家長會的通知，因為最後兩年涉及升學，我怕錯過一些重要的資

訊，所以還是從香港飛了過去。第一次參加了英國寄宿學校的家長會，我本以為，這間學校是小班教學，會在一個小教室裏和我們會面，原來我錯了！小班教學並不代表修讀那一科的學生很少，只不過學生被劃分為小班而已。有些科目，修讀的同學非常多，如果全部集中在一個教室，家長們可能會等相當長的一段時間。於是，學校把家長會安排在禮堂裏，每個老師坐在一個桌子後面，桌子上寫着科目的名字和老師的名字，有點像工展會的攤位，而家長們，則可以自由選擇先去排隊人數少的老師那裏交談，資源得以合理的分配，一點也不浪費時間。這樣做的另一個好處，學生和家長的隱私得以很好的保護，每個老師都是單獨和學生及家長交談，而不是在說話的時候，後面一大堆家長在順便旁聽。

除了家長會，每個學期學校會有兩次的成績報告給家長，我有時到歐洲公幹完畢，會飛過去兒子的學校見一下他的各科老師。學校很重視與每個家長的會面，他們會事先安排好會面時間和地點，然後每位老師來和我交談 15 到 20 分鐘，通常我會被安排在一個兒子上課的教室裏，他們上課的教室和我們傳統印象中的教室很不同。怎麼說呢？有點像一個家的客廳，有一張大的桌子，圍着幾張椅子，也會有沙發、書櫃、地毯，感覺很舒適，沒有很嚴肅的感覺。我第一次走進這樣的教室，在想像兒子上課的情境，幾個孩子和老師圍坐在一起，更像是在共同探討。休息的時候，他們會一起在沙發上坐下來喝杯茶，這裏不存在班長，值日生，大家是在一種溫暖平等的氣氛中學習，真的令人羨慕！

　　我想得正入神時，第一位老師到了，他做了自我介紹，然後就開始了對兒子的評價和建議。第一位老師和我談完離開，第二位老師會在兩三分鐘後才進來，然後第三位，第四位……我忽然感覺自己像個女王，在接見不同的外交使臣……學校的安排令人很舒服。孩子的成績沒有排名，每一個孩子都是獨特的，老師們都會給出針對孩子獨特的建議，老師們對於兒子的評價非常高，本來擔心英文不是母語的他，讀這些文科會很吃力，但老師們似乎更加看中他的分析和見解，覺得他潛力無窮。

　　據我所知，英國寄宿中學是很看重學術成績的，但和兒子的老師交談過，感覺這間學校除了注重成績，更加注重學生能力的培養。當然，老師們對於我可以

親自來參加家長會，又肯從海外花時間飛過來見他們非常讚賞。他們不喜歡把孩子送進寄宿學校後就不聞不問的家長，他們認為只有學校和家庭緊密的配合，才能培養出優秀的孩子。

晉森

在英國就讀時，學校每年都會在禮堂舉辦一次家長會。每一個科目會被安排一個攤位，老師必須在家長會舉行的時段坐在自己的崗位等候。家長會也並非強制性的，所以只有格外想要了解自己孩子在該科學習狀況的家長才會前去了解情況。因為學校在每個 term 都會為每個同學派發一張學業進度的報告表，上面除了會評估學生進度如何、哪一方面需要有所提升之外，讚美和批評也是貼身訂製的。因此就算家長會見了面，講的話也不會和報告表上有太大的不同。

我在學校最後一年時，班上來了一個插班生，非常受女生的青睞。不過他本人還是比較喜歡一個剛從

大學畢業教生物的女老師，每當從報告表上看到她對自己比較正面的評語時，都在我們面前毫不掩飾地表現出自己的激動之情。當然，就算沒有這些因素，報告表也能夠對學生產生積極作用，讓學生能夠了解到自己整個學期的努力，當中哪些方面是值得肯定的。

就像教神學和宗教哲學的牧師在 chapel 的早會時所言，他們應對家長的方式是「蘿蔔加大棒」。先讚美自己的學生，讓他們對自己的能力產生自信，在這個時候再指出學生的問題，便會讓他們比較容易接受。因為學校考慮到青少年負責情感功能的邊緣系統比較活躍，有時候很可能將學業表現，視作為個人價值的表現，一旦對學科產生抗拒之心，雖然在責任心的驅使下仍然會繼續讀下去，但卻不再願意去理解知識的

意義。說這番話的大意，是希望學生在接受批評時不要以防禦的心態去面對。

因為上課時採用的是小班教學的模式，所以每一位同學在發表自己對某種知識的理解時，不得不鼓起一定的勇氣，有時候在討論時不免有互相攀比的氣氛。對於科目老師而言，除了學生所提交的論文以外，這是唯一能夠理解學生對內容理解程度的途徑。老師在對學生理解不準確之處提出矯正時，難免會讓某些自尊心過強的學生感到難堪。

有的學生不甘於自己的論文只被受限於 A-level 教科書指定的理論來理解一個現象，去自行進行搜索，並在論文中加入其他來源的理論支持自己的論點，但

卻對外來的理論一知半解，有時候會影響論點的可靠度，從而影響整篇論文的說服力。這種現象尤其比較多發生於一些本身對科目的議題比較熟悉的學生當中，因為按捺不住自己的發表欲，整篇文章脈絡從引用理論一直到對理論猛烈的質疑和批判，儘管邏輯架構 sound and valid，儘管沒有帶一絲個人情感，但由於無法有力地引述理論如何作為支持某種現象的根據，以及對此的理解，考官只會因為你沒有好好回答問題而扣你的分，對於理論本身站不站得住腳，這些同學卻一點都不感興趣，心態在很多時候會影響這種學生的發揮。

面對這種學生，老師會格外照顧他的情緒，一方面稱讚他的洞察力，一方面拿着 marking scheme 和他

講解答題時該側重的要項，因為這些學生個人的特質，只能通過學生自己的意願去改變，所以在家長會時，老師也不會對家長透露太多。我自己認為下課後老師私下給予的學業意見回饋，對學業的幫助會更大。

值得一提的是，我的 Housemaster 也是這所學校的舊生。他在就讀 lower fifth 的時候，發現自己的成績一落千丈，對自己的前途感到質疑，他當時的 Housemaster 鼓勵他去參加任何他自覺擅長的活動，讓他找回自信心。學校的 Housemaster 和 Housemistress 在開會時，會探討每個學生相對比較擅長和引以為傲的特長是甚麼，以便能夠更好地引導他們朝那個方向發展。

對於那些有恩於我的老師們，我一直心懷感激。

小鎮風情

玲

　　兒子的寄宿學校在一個英國的小鎮上，因為學校是全寄宿，共有 15 間男女學生宿舍，所以學校的面積幾乎佔了全鎮的一大半。鎮上只有一條主街，街的兩旁佈滿了各種小商店，你可以想到的生活必需品，應該都可以在這條街找到，有超市、餐廳、古董店、地產中介、二手書店、家具店、洗衣店、教堂。還有一家小酒店，堪稱是鎮上最好的酒店，每次外地的家長們來學校，都會住在這裏。主街並不長，十五分鐘可以輕鬆走完，所以你可以想像得到有多大的範圍，其

餘的地方除了學校的建築外，就是大大小小的民居，門前種着各種的花，再往外走，周圍是大片的農田和草地，或會見到成群的羊在草地上走來走去。還有一個特色就是，墓地也是小鎮街景的一部份，那一大片墓地就在教堂的後面，學生們去教室上學總會經過。那片墓地裏都是曾經在鎮上生活的人，所以無論是白天還是晚上，都沒有絲毫陰森的感覺，似乎只是換了一種方式與鎮上的人共存而已。

這樣的小鎮，真的很小，學生們在這裏讀書，沒有大城市的誘惑和干擾，甚至鎮上的每一個居民都在自願幫學校擔任着監督孩子的責任。第一次來這個小鎮，我住在鎮上那家唯一的酒店，只是感覺員工很親切，我們帶的行李多，可是鎮上又不見計程車，如果

推着行李走到兒子的宿舍，還真是一件非常艱巨的事情，因為這個鎮的路一回上坡，一回下坡，非常不平整。惆悵之際，酒店的老闆自告奮勇載我們過去，我跟他說宿舍的名字，他說他知道，開車三分鐘就把我們送到了。後來發生的事情，我才知道，鎮上的人是相互認識的，他們甚至可以分辨出哪個外國學生是屬於哪個宿舍，有甚麼情況發生，他們馬上會打電話到宿舍告訴老師。

兒子最後一年的寄宿生活，因為要準備升讀大學，變得非常忙碌和緊張，有一次睡得不好，怕白天上課沒有精神，就在早上去上課的途中，到超市買了一瓶補充能量的飲料。但其實學校是反對學生喝這種飲料的，這種飲料說是補充能量，其實就像興奮劑，會暫

時讓你覺得精神抖擻,但之後人會覺得更加疲勞,於是又會想用這種飲料提神,如此下去會惡性循環。兒子買完飲料後喝了就去上課,據他說,途中也沒有碰到甚麼人。可是中午我就收到了宿舍老師的電郵,老師說有人告訴他,我的兒子一大早跑到超市買了這種飲料,並告誡應該不要飲用之類……估計,是超市賣飲料的人打電話告訴宿舍的老師的。

還有一次,學期中期有兩天假期,寄宿學校的假期,你是沒有辦法在學校留宿的,因為學校要關閉,學生必須離校,海外生要去監護人那裏。兒子的監護人住在倫敦,我想就兩天的時間,一來一回去倫敦很耽誤時間,就幫他訂了主街的那家酒店,反正酒店裏有餐廳,他住兩個晚上,也不是問題,誰知兒子前腳

入住，一小時後就接到 Housemaster 的電話，邀請他中午一起吃飯，估計是酒店的人報告給 Housemaster 聽的，你們有一個學生這兩天住在這裏。慢慢的我們才知道，小鎮的人們，其實大家都互相認識，只有我們這些外人才沒有發覺。其實我們住在哪，去了哪家餐廳吃飯，做了甚麼，大家全部了解。或許每一次，我去探訪兒子提前住在鎮上的酒店裏，可能都會有人告訴宿舍的老師，兒子的媽媽，那個香港女人又來了！

這就是小鎮風情，沒有任何秘密，但你的孩子在這裏讀書，會很安全！

晉森

　　小鎮一百年之內在街貌和建築結構上都沒有發生任何明顯的變化，這點可以從鎮上賣的日曆上的照片得知。

　　鎮上只有一所超市、兩間酒店和一座教堂。街道兩旁的商店裏放的瓷器，主要是由鎮上的居民捐出來或是低價賣給店家的。我的藝術史老師打趣道，在英國，任何教堂附近必定會找到許多酒吧，這基本上可以當作一種定律。去 pub 可以說是鎮上的人生活的其中一個重心，在幾杯酒下肚以後，幾乎可以毫無顧忌地暢所欲言。學校的老師也是通過這種方式認識鎮上的人，大家都有緊密的聯繫，所以才會出現學生去

到哪裏都會被人盯上的情況。只要看學生領帶的顏色和花紋，便能夠辨認出那是屬於哪個宿舍的學生。每當有學生幫助過鎮上行動不便的長者後，他們都會向 Housemaster 反映，並根據所描述的外貌特徵，很快便能夠辨認出哪一位是行善的學生。

這個小鎮位於英國的中東部，再往東邊駛去便是征服者威廉讓維京移民安頓的地區。小鎮在 12 世紀開始趨向於城市化，隨着新的經濟機會的產生以及人口從南北遷，這個小鎮便漸漸在通往那個城市，由羅馬人修的要道旁形成。

教我古典歷史的老師還說，如果翻查官方的紀錄，還可以看到被威廉派去管理這些維京移民的官員分給

親戚的產權，鎮上不少土地和物業的擁有者都是寡婦，可以看見早期普通法還沒有成型時，羅曼民族如何在法律上看待租約這個概念。他說英國從古至今便是一個移民國家。自從在 10 世紀時羅馬帝國無法再負擔高昂的管理成本後，將軍隊撤出英國，形成了權力真空，不少北歐和中歐的日耳曼部落，都選擇渡過海峽前往英國尋找新的發展，並試圖擁有自己的土地。

我的學校所位於的小鎮在 11 世紀時，也有從丹麥來的北歐新移民，在經過短短一個世紀便完全被當地人所同化。我的老師想藉這一點來向我強調，語言、價值觀甚至是民族的概念都是具備可塑性的，並且一直都在變。當時古英語的地位在社會上並不高，試圖爬上社會頂層的人都在努力學習諾曼法語，而拉丁文是學術機構交流的媒介。

記得當時修讀古典歷史的同學一共有四位，其中兩位同學便是來自德國和法國。他講這段歷史的用意是讓我們不要介意自己身為外來人的身份。他還說維京人並非真的像大眾文化所描述的那般野蠻殘暴。當時的北歐因為火山灰蒙蔽天空，導致出現小冰河時期的現象。在農作物頻頻歉收的情況下，才選擇去鋌而走險，掠奪歐洲相對比較富裕的鄰居。在被他國的君主獲准得到居留權後，一般都會選擇安居樂業，完全融入當地的文化。

值得一提的是，連統一英國的君主征服者威廉的祖先也是來自同樣背景，在成為英國君主之前一直隔着海峽活在法王查理斯三世所賜予的諾曼第公國，民粹主義據其所言是「相當摩登」的現象。所以古歷史

老師希望不同國籍的同學相處時，能夠不要過度在意自己背景所帶來的隔閡。

Gate to the Dream 下．h

夢想的入口 花玲
二零零二年

美麗的英國小鎮

宿舍裏的 Matron

玲

　　英國寄宿學校的每一間宿舍裏都有一個 Matron，中文不知道怎麼翻譯才能更準確。這位住在宿舍裏的女士，是有護士牌照的，也就是説當孩子們有些小的病痛，她知道怎麼去護理。她也充當着宿舍裏媽媽的角色，有些時候會和孩子們聊天，遇到孩子們有一些生活上的問題，也可以給他們一些指導。基本上在宿舍的生活裏，我聽兒子提的最多的人，除了 Housemaster 外，就是她。

初見兒子宿舍的這位 Matron，是我第一天送兒子去宿舍的那天。她很熱情的接待了我，說話的聲音很大，夾雜着爽朗的笑聲，一直在跟我說，不用擔心，你的兒子就交給我了，渾身上下充滿活力。我起初以為她只是見家長時這麼熱情，後來兒子告訴我，她時刻都是保持在這種狀態，每天都是充滿笑意。兒子說很遠就知道她走過來了，因為人還沒出現，聲音已經先傳過來了。

　　在寄宿學校的兩年，兒子很少生病，但也有一次感冒發燒。早就聽說外國感冒不給藥，只讓你喝水，實在高燒才給你退燒藥。其實這個邏輯是對的，這樣可以強壯人的免疫力，但我不知道我的兒子是不是可以適應？臨出發前，我還是給他帶了一些小中藥，但

學校其實是不許孩子們自行亂服藥的，所以那次發燒，
兒子也沒吃自己帶的中藥，Matron 也沒給他藥，就是
一直督促他喝水，睡覺，結果兩天後，燒真的退了！
我是後來才知道這件事的，學校盡可能的不讓家長擔
心，其實也是真的，就算我知道兒子生病，但山長水
遠，我只能乾着急。兒子說，他發燒期間，Matron 一
直在照顧他，問他想吃甚麼，我聽了很感激，要知道
小孩子在生病的時候，最需要家人的照顧和支持，而
在那個時刻，Matron 起了很重要的作用。

Matron 有時也會解決一些孩子們生活上的難題，
我之前說過，寄宿學校的物質條件真的很簡陋，每個
孩子房間的椅子都不知從哪湊出來的，每張都不一樣，
兒子的椅子用了一年壞了，學校又給他的房間送來了

一張椅子，不是新的，好像二手的，兒子坐上去覺得高度有點問題。我是很注重學習的桌子和椅子的高度的，因為如果長時間工作，椅子和桌子的高度不匹配，長期會產生很多的問題，比如視力，頸椎痛等等。我讓兒子跟學校說換一個合適高度的椅子，可是宿舍裏說暫時沒有，Matron 建議我們可以自己買張椅子，這一點我至今想不明白，收了那麼貴的學費，為甚麼換張椅子都那麼難？我也不想和學校計較，也許宿舍也有自己的原因，當務之急是要馬上給兒子買一張合適的學習椅子。好在英國境內的物流很方便，椅子很快送到宿舍，但是需要自己安裝，兒子說自己可以動手裝，結果第二天打電話說，椅子可能缺零件，裝上不是很穩。我覺得不太可能缺零件，問兒子是不是裝錯了，但這個固執的傢伙一口咬定沒裝錯，是少了零件。

沒辦法，我打去給 Matron，讓她幫忙看一看，是不是真的少了零件？

結果，在 Matron 的幫忙下，兒子又把椅子重新裝了一次，一個零件也沒少，只是有個部份他裝反了！

晉森

　　Matron 的字源，來自於拉丁文 matrona，原意最初是指承擔家庭責任、符合社會期待的已婚女性，也指羅馬女性婚姻和家庭的庇佑神朱諾。由於宿舍所有負責管理學生的職員本身都要履行 loco parentis 的義務，也就是代替家長的位置去行使一切監護人對被監護人的法定義務，所以在某種程度上也有相通之處。我們宿舍的 Matron 的確已婚，也為宿舍內各年紀的學生的健康負責。一旦學生有任何不適都會去找她，然後由她判斷是否需要約醫生看診。

　　Matron 在宿舍內有一間自己專用的房間，每當學生有任何健康上或是個人的困擾去找她傾訴時，可以

保護到同學的隱私，不需要擔心自己的不佳的狀況外洩而影響自己的個人形象。這些個人的困擾包括學業壓力、家庭問題到青春期對自己的個人形象，甚至是對自己身為男人的魅力有所懷疑，畢竟能夠從女性的角度來了解自己會更為真實。能夠讓同學對她如此敞開心扉，也是完全因為她在我們面前非常坦誠，也毫不擺任何架子的緣故。

在性教育環節時，她提醒我們保險套也會有出意外的時候，因為套上有些微細的穿孔肉眼未必能夠察覺，所以容易出意外。然後她便拿自己 15 歲便因為這種意外而生下兒子的例子來做說明。她告訴我們當得知懷上了這個孩子之後，沒有任何的猶豫，決定負起一個母親的責任而將他養大成人的決心，把他生了出

來。這樣的勇氣和責任心，成功贏得宿舍內所有人對
她的尊重。她並非那種喜歡尋求墨守成規所帶來的安
全感的人。她常常主動私下詢問同學的現狀，並對自
己的缺點毫不隱瞞，所以同學遇到不方便向家長或是
科目老師表達的問題，都會透過她來傳話。

我在就讀 A-level 期間，因為想要提升自己的表現
能力，而開始大量飲用能量飲料。有一天在宿舍門口
準備出去上課時被發現了，她便在晚上抽空跟我説能
量飲料的危害性，我也被她發自內心的關切所感動。
因為她完全沒有必要對我的個人生活負任何責任，冒
着被我嫌棄的風險來這麼做。

由於英國的天氣比較陰冷，晴朗的日子比較少見，
所以每當有太陽出來的時候她便會格外的興奮，告訴

我們今天的陽光有多好，讓我們多出去走一走。在這種她心情比較好的日子，有時候她還會從宿舍的窗戶裏問候宿舍的同學。在平日的時候，她也會自費將宿舍裝飾的更有溫馨感，讓宿舍感覺沒有冰冷。她為學生所做的很多事都超出她的職位所要求的範圍，所以大部份的同學在我畢業兩年後得知她離職都深感遺憾。

嗜酒如命

玲

　　疫情在英國蔓延最厲害的時候，大家都去超市搶購物資，你猜甚麼賣得最快？對，酒，英國的一份報紙，把那些不聽政府勸告，疫情下仍然去酒吧喝酒聚會的人稱「Dying for a drink」，意思是說，死都要喝，可以想像，英國人有多愛酒！

　　毫無疑問，這種酒文化也成了寄宿學校的一部份。或許你奇怪，寄宿學校的孩子多數未滿 18 歲，怎麼可能喝酒？那你就錯了，英國的法律是這麼規定的：18

歲以下不可以在公開場合喝酒或買酒，但是 16 到 17
歲你可以在成年人的陪同下，在餐廳喝啤酒，葡萄酒
或果酒，5 到 16 歲可以在成年人的陪同下，在自家或
私下場合喝酒，只有 5 歲以下才完全禁酒……

長見識了吧？之前我一點都不知道，直到我在香
港滴酒不沾的兒子，到了英國變成小醉仙回來，我才
留意到英國這種瘋狂的酒文化。換言之，寄宿學校的
孩子們，若在老師的陪同下喝酒，是合法的。後來我
才知道，宿舍裏很多時候會舉辦活動，比如慶祝同學
生日，比如球隊贏了比賽，比如放假期前的聚會……
這些都是大家一起喝酒的好時機，我家兒子就是在這
些大大小小的宴會中開始喜歡喝酒的。

起初我也不知情，誰喝酒會專門告訴媽？後來有一次，本來說好第二天接他回香港，送他去機場的司機，到了宿舍怎麼也聯絡不到他，手機打不通，我打到宿舍直線電話，才知道這位先生前一天晚上喝醉了，上樓時搖搖晃晃踩空了，從樓梯上摔了一跤。好在他習慣將手機放在褲子背面的口袋裏，他掉下來時手機碰到牆撞碎了，但也幫他擋了一下，人沒有受傷。我聽了嚇一跳，才知道原來宿舍裏是可以喝酒的，破財擋災，我是這麼想的。誰知，回來香港放假的兒子，已經被訓練成了酒仙，幾杯下肚完全臉不變色心不跳，而且每次吃飯主動要點酒，也完全不介意酒的品質。甚至有一次自己在家，發現了一瓶十四代，一個人一下午把一大瓶喝光了！我回家開門時發現他滿臉笑意，手舞足蹈，胡言亂語……我發現這樣下去可不行，書

有沒有讀成不知道，花那麼多錢送去英國變成酒鬼，事情可就大了！

要知道，這種青少年期的孩子，是不會聽你好好勸的，你不讓他做甚麼，他未必不去做，必須讓他自己心甘情願不去做才可以。我的方法不知道是不是很好，但對於我家兒子顯然起了作用，後來他在聚會的時候也可以控制酒量了。到了大學，如果不是社交場合，自己一個人完全不沾酒，這樣我也放下了心頭大石。因為如果不能控制自己的酒量，每次喝醉，在外國是很容易出事的。

或許你開始好奇，我到底用了甚麼方法？讓這個傢伙不再嗜酒如命，其實在他回港放假的那兩個月，

我並沒有阻止他喝酒，反而大小的社交場合都帶他參加，讓他盡可能多品嘗不同的酒，一邊品嘗一邊請懂酒的朋友給他講解不同酒的分別，家裏的好酒也拿出來，大家一起喝，一起評價。我跟他説，你若喜歡喝酒，應該懂酒，做個專家，而不是甚麼含酒精的東西都放進嘴哩，那是酒鬼的行為。知道如何分辨好酒和劣質酒，加上他自尊心很強，那個假期回英國之後，似乎沒聽過他又喝醉的事情發生。

The world outside the window
FL. 2002

晉森

　　在疫情期間，曾在過馬路時看到路燈上有一幅張貼，上面名列車禍的死亡率和疫情的死亡率。數據上方印着紅色的一行大字，大意是：你會不會因為開車有風險而放棄你的車？如果不會，那麼你會不會因為出 pub 喝酒有風險而放棄你的生活？雖然我沒有深究數據的來源和真實性，但是往後的幾個星期，大學同學約我外出是一直用海報的標語作為藉口，可見酒對他們來說的有多重要。

　　第一天在宿舍吃飯的時候，同學們會問一堆個人問題，先是確定你的性取向，然後在看看你究竟是不是偽君子，會不會抗拒酒和性。雖然宿舍的大小宴會

也會提供限量的酒精飲料，但對我宿舍的同學來說，根本滿足不了他們對酒的嚮往。所以不少人得知將要在宿舍內舉辦宴會，都會預先「pre-load」自己，也就是背着學校偷偷到全鎮唯一一個便利店去買酒，超市賣的酒更便宜，但是會給學校打小報告，也容易遇到老師和他們的家屬。但是便利店裏很多時候都是part-time的學生，認識了之後基本上會毫不猶豫地賣給你。由於在非上課期間離開宿舍去任何地方，都要在紀錄本上登記出入時間和去的地點，所以在那段時間你會發現整個宿舍，會多了許多好學的學生，剛好全都滿了18歲，要到圖書館去「自修」。

在宿舍裏，每當有同學過生日都要循例全體慶祝。滿了18歲是個身負重任的年齡，不但代表你長大成人

了，你也會發現宿舍多了些態度會忽然對你變好的人，吃完午餐後偷偷摸摸地去你房間委託你幫他買酒。英國的法律，將賣酒給 18 歲以下的罪責推到進行賣酒這個動作的店員身上。也即是無論你的樣貌是否有年齡方面的誤導性，只要他賣酒給未成年，他都是有罪的。所以每次就連五大三粗、年過四十的老師多次進店裏買酒，熟悉的店員也會將身份證當作從來沒見過一樣，仔細再瞧一遍，以保障自己。

煙、酒和性對於青少年的誘惑力，當中有很大一部份是出自於強調自己已經成年了的虛榮心。在 18 歲剛過以後，這三樣事物當中我只嘗試了酒，不打算去嘗試前者，卻像很多同齡的同學一樣對後者很期待。我們那時候對醉的體驗都很好奇，並經常掌握不好度

量而時常喝醉。後來漸漸掌握好規律，發現在微醉之前，的確有一個可以被感知到的感覺，在那時止杯便不會失態。不過當時我們在 18 歲過後，全部都是為了醉而喝酒的，因為我們要充份地體驗能夠醉的權利。當這份權利失去新新鮮感、有如空氣一般平常時，酒，就純粹成了飯菜的調劑。

音樂，無處不在的優雅

玲

讓孩子學音樂，應該是香港家長的指定動作，而其中，學鋼琴，更是無數孩子在成長中所經歷的事情。令家長們引以為傲的事情，就是自己的孩子考過了多少級，如果他家的孩子鋼琴考過了演奏級，你看那個媽媽的臉上，洋溢出來的都已經不是笑容了，簡直是滿滿的幸福……

兒子在香港就讀的學校裏人才輩出，不要說演奏級，在國際上有名的少年鋼琴家不少都出自該校，所

以就算兒子的鋼琴彈到八級，都是不好意思拿出來講的。去英國的寄宿學校，在學校的資料上一定要填寫關於音樂方面的資料，所以宿舍的舍監知道兒子彈鋼琴，於是入讀沒多久，就在一次聚會中安排了兒子在宿舍表演。當然那天還有其他的同學表演，要知道英國人聚會吃飯，一定少不了酒和音樂，大家高興了，甚至會即興表演或者跳舞……

那一次是兒子第一次在英國的宿舍裏表演，但他之後跟我說，他覺得自己那麼多年的鋼琴白學了。我問他為甚麼？他說，那天晚上除了他，還有幾個同學去即興彈琴，儘管不是甚麼名曲，可是指法嫻熟，最重要的是那一刻迸發出來的熱情和樂感，是他無法比擬和達到的。也許他的技巧好過他們一點，可是他沒

有同學那種即興的音樂本領，而他們，沒有一個參加過鋼琴的考級，只是喜歡⋯⋯

那天我和兒子在電話裏討論了很多，我很開心他領悟到學音樂的本質。我跟他講，讓你學鋼琴，並不是指望你成為鋼琴家或將來從事音樂的工作，要知道真正的音樂人是需要很高的天份和造詣的，但是音樂可以豐富我們的人生。我也不很贊同考級，但這在香港升學時，考級很多時候是一個入學升學檔案上的必備指標。你現在到了英國，可以去除考級的擔子，如果並不想再學琴，也是可以的，畢竟要開始準備入大學的考試，但如果你喜歡，你也可以繼續⋯⋯兒子表示還是喜歡鋼琴，想繼續學⋯⋯

這間寄宿學校有非常好的鋼琴老師，學校每小時的收費要比在香港請私人老師便宜很多。在學校的安排下，兒子繼續在英國課餘學習鋼琴，他的鋼琴老師非常嚴格，但很耐心，當他知道兒子學琴不是為了考級為目的後，非常開心。我感覺每一堂的鋼琴課回來，兒子都很開心，宿舍的老師們告訴我，他也會主動在宿舍來練琴。

　　宿舍裏有一架鋼琴，並不是學音樂的學生才可以彈，誰都可以的。我想起兒子在香港學琴的日子，每到考琴季節，每天反反覆覆的在彈他的三首考試曲，有時候，他在彈，左鄰右舍也不知哪個孩子也在準備考試，斷斷續續的在彈另外的考試曲。那幾個月，每天縈繞在耳朵旁邊的就是那幾個旋律，晚上睡覺時好

像也一直在耳邊響着，但也沒有辦法。去了英國，兒
子終於可以享受音樂的樂趣，真是一件很好的事情。
我知道身邊有些孩子，考到八級甚至演奏級之後，就
再也沒有摸過鋼琴一下，似乎完成了家長的任務……
但他每次放假回香港，有時候也會在琴邊彈上幾首，
很是享受，自娛自樂。我覺得很慶幸，希望有一天他
能體會到，音樂，是一種無處不在的優雅。

Windsor Castle

晉森

　　學校有一次在 L 女宿舍舉辦男女混合的晚宴，當時有一個來自瑞士的女孩坐在我身旁。因為可能實在沒有甚麼可以拿來聊的話題，所以她就問我，喜歡甚麼音樂？我說我比較喜歡華納格的歌劇。她說「喔，我還以為你會說，你喜歡古典音樂。」在她看來，那些說喜歡古典音樂的人，都沒有大膽地去體驗過不同種類的音樂，所以才選擇那麼保守的說法。她說她很討厭別人用所謂的古典音樂來限制音樂的定義，然後隨口提幾個自己記得起的名家，這比喜歡兒童動畫主題曲的人，讓她感覺更不好，就像穿衣服總是愛穿素色的一樣，缺乏個性。

説起彈鋼琴，英國同學對亞洲人有一大堆刻板形象。雖然能考級，對他們而言是件了不得的事，但也就僅僅因為，並非太多人能夠做到而已。教我鋼琴的 F 先生説，你既然已經學了最基本的樂理，對鋼琴彈奏的技巧也有一定程度的掌握，那麼你可以嘗試去創作一下。

　　F 先生告訴我，要找自己覺得一段旋律美的部份，然後問自己為甚麼聽起來會這麼有感覺？去掉哪些結構和成份，會讓這種感覺變質甚至是消失？他還告訴我，個性在所有創作中都十分重要，你要給別人營造一種能夠帶出你的個性的感覺，而這種感覺，必須來自你在經歷某種經驗上獨特感知的表達。你聽到 Satie 的曲子和蕭邦的曲子，就算不知道曲名，也會從風格

上聽出來是屬於誰的作品。我當然也沒有打算從這條路一直走下去，但是對這種看待音樂感覺的方式，仍然覺得很感興趣。

宿舍裏有一個低我一年級的學生，一有時間便自己作曲。有一次我在練琴的時候，他惡狠狠地盯着我看，然後說，你不去嘗試作曲，學鋼琴有甚麼用？我當時覺得，應該把他用船運回香港感受一下升中面試。我把 F 先生的話和他分享了，但他似乎不太認同把科學的方法運用在尋找音樂的感覺上。

我認為這種看法將音樂創作當做刺身拼盤一樣，只是收割局部的美而試圖將它們貼成連貫的旋律，會破壞表達整體體驗的完整性。不過對於個性的追求的

那段話，當今的藝術創造者都明白這個道理，所以才會有那麼對標新立異的 Con- artist。不過不那麼做也很難讓自己出人頭地，畫風張張像明信片，雖然畫技過得去，但的確不會給人留下甚麼深刻的印象。

兒子 18 歲時，我帶他去了阿姆斯特丹紅燈區。

性，紅燈區，避孕套

玲

在選寄宿學校的時候，我曾經掙扎過，到底是選男校呢？還是男女校？兒子在香港就讀的是傳統男校，去了英國，如果還去讀男校，很擔心他將來不懂怎麼和女生交往，可是如果讀男女校，又擔心他最後兩年萬一拍拖影響學業？總之，天下媽媽如我，照兒子的話說，都是緊張大師。後來再想一想，拍拖在他這個年齡也是很正常的事，就算讀男校，和女校聯誼時，一見鍾情，也是避免不了的。我覺得兒子的正常發展比甚麼都重要，16歲，應該是要學習正常的社交技能，以及怎麼和異性相處，所以，還是選擇了這間男女校。

　　原來，這所學校在這方面和我的想法不謀而合，宿舍會經常舉辦各種和女生的聯誼活動，小班教學時也是男女同學一起上課，在各種互動活動中，學生們學習社交的技巧和各種禮儀，那麼會不會產生愛慕之情呢？當然會的，我有時候會聽兒子說，他們宿舍哪個男生受歡迎？哪個班哪個女生很漂亮之類……那你呢？有沒有喜歡的女生，每次問他，他都笑着搖搖頭，我心想，問了也是白問，他怎麼會告訴我？

　　我所擔心的倒不是愛情，愛情是一件美好的事情，有時候也未必是學業的一種阻力，我擔心的反而是青少年期的他們，對性的好奇。作為媽媽，很難和兒子主動討論這個話題，但是我一直的態度是，當真的碰到這個話題的時候，不會迴避。現在的孩子，太容易

得到這方面的資訊，我跟兒子討論這個話題，是希望他明白與之並存的責任感，他見我的態度很開放，也願意和我坦誠的討論。

因為公幹的原因，有幾年我每年要到訪荷蘭的阿姆斯特丹。阿姆斯特丹的紅燈區很出名，我跟先生去過一次參觀，並沒有覺得紅燈區有多香豔，反而覺得有些上了年紀的性工作者在窗口搔首弄姿，很是無奈。有一次從荷蘭飛去英國見兒子，他問我紅燈區是怎樣的？我說很難形容，這樣吧，你滿 18 歲，就一起去看看！他的同學知道他媽可以讓他去紅燈區，都羨慕的不得了！

有一年學期末快放聖誕假，兒子馬上要回香港了，他在電話那邊跟我説，他們放假前進行了性教育，「那是怎樣的？」我很好奇學校怎麼跟他們講這個話題，「老師搬來一個陽具模型，然後給我們講解怎樣正確戴避孕套……」那挺好的，我在心裏想，然後聽到他在電話那頭又接着説：「明天放假，學校給我們每個同學派了十個避孕套，」「為甚麼？」我第一次聽學校派避孕套，「老師説，如果參加派對，要做足安全措施……」這難道又是英式教育的一部份嗎？我還真的沒辦法理解，「那，你現在也有十個避孕套？我小心翼翼的問他：「打算怎麼用？」「我哪有怎麼用？我也沒有女朋友，我留下了一個，把九個都送給了同學，他們可高興了！」我聽了哭笑不得，「那你那一

個打算做甚麼？」「不做甚麼啊，我從來沒見過避孕套，用來作紀念！」

我放下心頭大石，「你知道避孕套是有保值期的啊？放太久不能用！」我還是在電話這頭補充了一句。

晉森

　　中學的時候由於是讀男校，女性對我們來説有一種特殊的意義。到了 18 歲的時候，女人的肉體已經完全對我們失去了十一、二歲時的吸引力，這當然要歸功於無所不在的現代網絡。

　　對於與異性交往的嚮往，與其是出自於對性體驗的渴望，更多的原因是出自於急於渴望證明自己擁有男性的魅力。就算是性體驗本身，重點也不完全是在於感官上的愉悦，而是作為一種測量男性的個人魅力價值的方法，我向來不會對這種價值觀做任何評價。本以為是男校，才會對性持有這樣的看法，但沒想到在英國的學校，發現這種對性的看法很普遍，只要和

男性的同學相識不久，在談論與性相關的話題時，就
發現性的意義與自己身為男性的價值是如此緊緊相繫。

　　有時候宿舍舉辦晚宴，會讓我們邀請女生過來。
沒有了校服的束縛，女生們會穿得比平時暴露，更像
是某種青春的抗議。亞洲男生在她們的理念中，向來
是比較靦覥害羞的，所以她們和亞洲男生聊天時，會
故意將話題引向與性相關的內容，然後臉不紅心不跳
地望着你。還有的會在餐桌上和你描述她最近的性體
驗，或是問男生知不知道某個名詞的意思究竟是甚麼。
當我遇到這種情況時，我也不甘示弱地盯着她們，然
後面無表情地和她們繼續談下去，絕對不能表現出靦
覥或尷尬。

我們這一代很難理解愛必須作為性的前提，因為這與我們所獲得的認知相違。我們的哲學老師在教性的哲學時，就提過以前在 50 年代時，有一種叫做 pink film 的微色情電影，人的身體之美和音樂似乎有相通之處，兩者都是透過起伏來渲染人的情緒和感情，前者是身體的曲線，後者用聲調的高低，但自從互聯網上的裸體開始普遍，這種電影便再也沒有了市場。這種寫在身軀上的樂章，現今對於我們而言，也成為了過時的音樂。

　　在脫歐期間，學校有分別邀請支持脫歐和留歐的議員來向學生說明自己所持立場的理由。有位支持脫歐的議員來到學校，提及了 generation Z 性早熟的問題。他指現今連 8 歲的小男孩，都在互聯網上看過女

性生殖器的模樣，如果英國成功脫歐，那麼便可以立法加強對於色情內容的管控。記得我8歲的時候，全班的男學生還要排着隊，去看一本有關於青春期的有圖故事來了解類似的內容。當時有位亞美尼亞裔的俄羅斯同學站起來說，性的衝動無論如何都會為自己找到出口，如果社會上沒有正當的出口，那麼性必然會和所有醜惡的勾當聯繫在一起。我到現在還對他敢言的個性感到相當佩服。

在學校的假期期間，和母親去了荷蘭的紅燈區。有一間提供色情服務的店上面刻着 Woody Allen 的一句話：「Is sex dirty ？ Only when it's being done right.」如果性的快樂真如其所言來自於禁忌感，那麼在如此開放的現代社會，難怪人們越來越難真正地享受性愛的美好。

Radcliffe Square
Oxford.

Fan-ling 2022

服裝禮儀

玲

　　兒子去英國寄宿學校，我沒有給他帶太多的衣服，畢竟每天要穿校服，穿私人服裝的機會並不多。但是有一樣東西是一定要帶的，就是黑色的煲呔（Black-tie），因為用處很多。Black-tie 也稱作黑領結，英國社會非常注重着裝禮儀，不同的宴會或典禮場合，需要穿着正式的服裝。正式的服裝並不意味貴價的服裝，不需要名牌，但需要遵守場合的服裝規則，學校也會讓學生們在校內的各種活動中，學會這種服裝的社交禮儀。所以，黑色的煲呔在兒子的寄宿生活中是用得最多的一件服飾。

通常黑色的煲呔配白色的襯衫，外面是黑色的西裝外套和深色的褲子，黑色的襪子和閃亮的黑皮鞋，校園裏年輕的男孩子這樣打扮起來，每一個看上去都是一位帥氣的紳士，讓人賞心悅目。

兒子平時的校服是黑色的西裝，學校指定一種款式，家長也可以自己訂製。如果冬天怕冷，也可以外加一件黑色的大衣，但是學校是不准穿羽絨服的，如果戴圍巾，也需要是黑色的，這是對男生的要求。女生方面我就不太了解了，總之學校要求任何時候學生都需要保持很好的儀容形象。每件衣服，包括內衣，都要把自己的名牌（名字和宿舍名）縫在衣服內側，以便宿舍清潔工洗完衣服辨認分類。通常學生們換下來的衣服會放到指定的衣物籃，清潔工清洗乾淨熨平

之後，再送回每個孩子的房間。所以，即便是不太會
做家務的孩子，也不用太擔心在宿舍裏的生活。

我擔心換洗的時間不夠，畢竟宿舍裏有那麼多孩
子，而男孩子又愛出汗，所以除了校服外套，每一種
衣服都準備了七件，七件白襯衫，七條黑褲子，七件
內衣褲，七雙襪子……運動的衣物也要多準備幾套，
因為一個星期四天運動。後來才知道，幾乎每個媽媽
都是這麼做的，這一點，亞洲的媽媽和英國的媽媽沒
有很大的分別。

但是縫名牌到衣服上，是件功夫活，要一件衣服
一件衣服的縫，對於平時沒有做慣針線活的我，不能
不說是一個挑戰，他的那一大堆衣服，每件每件縫上

去，我縫了整整一天。也許你會說，何必這麼麻煩，叫工人去做就好了。不知道為甚麼，是因為捨不得孩子離家，還是覺得這是他將來貼身的衣物，我也不清楚我自己到底怎麼想的，反正我希望自己親手把名牌縫到孩子的衣服上，似乎這樣做，他穿的時候就彷彿多了一份溫暖。

我送兒子去他宿舍的第一天，看到一個英國媽媽坐在宿舍外面的沙發上，也在給她的孩子低着頭縫名牌，神情專注一臉柔情……那一瞬間，我忽然意識到，或許我們每一個母親都不是很捨得孩子離開我們的身邊，可是我們還是要親手把他們送出去，就是為了有一天，他們可以有更廣闊的天空……

　　還有，不要以為衣服有了名牌就不會弄錯，我經常在兒子假期回家時發現他的衣服裏多了其他同學的襪子或恤衫，而他的衣服也會偶而失蹤⋯⋯男孩子的世界，估計會是這樣子了！

親手幫兒子的衣服縫上名牌

Street. 雨
繪 2027
Aron

晉森

　　在我還沒去到英國的寄宿學校之前，我對這間學校在穿着和禮儀方面的想像，還是完全停留在上一個世紀。學校裏沒有對低年級發號施令的高年級生，如果有人掉到水裏，還要講「excuse me, sorry to bother you, I wonder if you would mind helping me a moment, as long as there is no trouble, of course.」的 gentleman，晚宴上會有像 Audrey Hepburn 那樣的窈窕淑女。

　　這些上個世紀的刻板形象，也經常成為宿舍裏同學們拿來揶揄的話題。學校裏的同學對自己的祖先似乎充滿批判的熱情。有一次，有一位高我一年級的同

學，將我帶到他的房間裏，一打開門，一張甘地的肖像掛在對面的牆上，正以凌厲的眼神盯着我看。他指着甘地肖像旁邊的那些密密麻麻的紙，上面是有着黑白照片的新聞（從宿舍走到體育館附近的影印機來回需要近乎一個小時，這需要有多大的動力），告訴我當年逮捕甘地的是他的祖父。這位同學跟我談說，他如何以完全否定的態度看待英國的殖民歷史，又說甘地和平抗爭的精神如何感動了他，使甘地成為了自己的偶像。

新一代的英國人將文化與種族多元化視作為一種潮流，為了顯示自己思想先進，很多時候你會發現認識了幾天的外國同學，會出現在社交媒體帳戶的頭像的合照裏。女生們也不想僅僅成為淑女。在上藝術史

課前，女生間的閒聊中，你會發現她們對獨立、強大且漂亮的女性的仰慕，了解到她們是以甚麼價值觀來衡量自己作為女性的價值觀。有一位女生說，她無法好好地接納自己身為女性的這個角色，也沒有信心當一名稱職的母親，覺得英國傳統女性的角色總是讓她感覺居於男性之下。所以我猜測，她們是在嘗試通過自己的行為讓她們變得更像男性一樣。如果和女生發生衝突，與同性相比，她們對男生會更加兇狠一點，好像要比過我們一樣。與傳統的英國玫瑰相比，她們就像在牧場草地上盛開的野花。

英國向來以自己的禮儀和嚴格的 dress code，讓歐洲各國在歷史上很長一段時間認為，英國是最具優雅氣質的國家。連鐵血宰相俾斯麥也在寫給朋友的信上，

抱怨街上的德國百姓只要見到英國人,便迫不及待地想上前擠出一句女王的英文,學英國人的模樣去向其問好。的確,學校在某些晚宴上的 dress code 是有嚴格的規定。我們的 chaplain 曾跟我們說,領帶在英國是最能夠體現個性的穿戴物,它就像騎士盾上的徽章一樣,是自我體現的窗口。House captain 和其他領袖生的領帶因此都是有其特殊的顏色和紋章的。

學校為了避免學生誤認衣服而引起的糾紛,所以規定校服上一定要縫上名牌。那時候母親堅持幫我縫名牌的時候,感動之際不免感到有些尷尬。我剛來時在衣物間居然找到了一個上面寫着屬於 Rothschild 的白襯衫。因為名牌是由校服製造的,所以真的有一位這樣的同學曾經在此就讀的機會很大。我連忙出去向

同學打聽這位 Rothschild，聽說他來這個宿舍上了幾個月便離校回德國了。

　　我剛來到宿舍時，才比我高一年級的學生和我說，要是在十年前，我還要為他們這些前輩刷皮鞋，但是現在他們變得開明了，所以這種傳統被廢除了。其實就像所有想要考 A-level 的香港學生一樣，我們必須一開始便讀 lower sixth，所以這位向我介紹光榮傳統的前輩其實年齡跟我一樣大。因此他們若是提出任何無理的要求時，我也不會把他們當作一回事。頭一年需要參加社區活動時，每當有些根本就是同齡的「師姐」把你當作小孩般點來點去時，心中都有一種難以言狀的反感。反之，我們的 Housemaster R 先生，則最具英國人獨有的那種優雅的魅力。他得全體同學的喜愛

是因為，他在大家面前是個有生命力的普通人，從來不逞強也不偽裝，能夠非常得體地把內心的負面看法說出來。在辦事的時候也不說多餘的話，從來不在規矩以外的地方勉強學生，給學生足夠的自主權去決定怎麼辦事，所以大家都是發自內心地服從他。

St. Paul's Cathedral, England
Fanting 2022

社區服務

玲

　　兒子的這間寄宿學校，每星期有一天需要到社區服務，那你們都做些甚麼呢？我問。兒子說主要是和養老院的老人打交道。

　　通常那些社工會把鎮上養老院裏的老人推出來，到一個很大的禮堂，在這個禮堂每星期會安排不同的表演，有時候也會有食物的提供。這些寄宿學校的孩子們會提供服務，端茶倒水，佈置場地，有時候也會和那些老人聊天，聽聽他們講自己的故事。

我聽鎮上的人說，有些老人到了年紀很大的時候，基本上如果生活沒有辦法自理，就會賣掉自己住的房子。通常他們會有一所自己住了很久的房子，房子裏的傢具或是物品，會捐到二手店裏，然後賣房子的錢足夠支付他們在老人院裏的開支。不要以為只是無兒無女的老人才這麼做，很多有子女的老人也會做出這樣的選擇，他們不喜歡像亞洲人那樣依賴子女。當然，這是一部份老人，英國也有的人家族觀念很強，每隔一段時間舉辦家庭聚會，年長的人會和子女住在一起。當然這些也需要足夠的經濟基礎，試想如果連基本的生活都有問題，怎麼可能去供養下一代和父母？

　　所以，鎮上有很多二手商店，二手商店裏的物品比較便宜，有時候甚至可以碰到很罕有珍奇的物品，

因為多數都是那些老人賣房子後捐出來的，二手店售賣物品後的收入，也會捐給慈善機構或是用做特別的醫療用途，所以是一項善舉。每一次去這個小鎮，我都會去光顧這幾家二手商店，商店裏最多的物品就是瓷器或傢具擺設，畫，有時候也有一些私人物品，比如首飾。這些都是不太可能在外面的大品牌容易見到的東西，有些已經有了一定的年份，歷史感很強。

我買過一個維多利亞時期的墨水瓶，做工考究，上面的雕花手工細緻。開始我也不知道是做甚麼用的，只是覺得很好看，不像茶杯，也不像咖啡杯，後來才知道那個時代的文人寫字，要用羽毛筆沾墨水來寫，忽然有種親切感，才五英鎊。店裏的東西都不貴，一到兩鎊也會有成交，因為不是營利為目的，所以標價

不會很高，我每次都去挑選合眼緣的東西，因為覺得又可以做善事，那件買回來的物品就更加多了一層歡喜在上面。

英國有兩種養老方式，一種是居家養老，政府會提供一些護理津貼，可以請護理人員。有一種就是兒子學校參與社區活動的社區照護，24 小時為不能自理的老人提供穿衣，吃飯，服藥或慢性病護理，當然也會安排各種活動，讓老人的生活內容盡量豐富起來。這座小鎮的養老院，絕對算不上那種豪華型，但基本的設施和護理還是很完善，老人們也感覺很開心。

年紀大，最重要的是有尊嚴的活着，這一點，這個小鎮的養老院算是做到了！

晉森

在就讀 lower sixth 的時候，學校每個星期一的下午，都會舉辦社區服務（community service），邀請一些住在社區老人院的長者去觀看。學校的管線樂團會為長者演出，而包括我在內的其他同學則負責佈置場景和給老人們準備食物。斟茶遞水全都是由社區老人院的社工負責，因為社工最為了解每一位老人的需求和食物上的禁忌。

老人也是出自於個人意願來參加學校為其舉辦的社區活動。對於那些因為健康情況而無法為自己做決定的老人，則需要被轉到更加專門的機構接受照料。當中大部份人都是膝下無子又加上行動不便，需要被

長期照顧，才打算將餘生寄於老人院。另一部份人則是有令自己感到尷尬的健康情況（無法控制大小便），為了保護自己前半生良好的形象而打算離群索居，由能夠懂得處理自己健康狀況的醫護人員來照顧自己。這些都是老人在我們問及他們的人生時自己説出來的。

　　促使我們與長者交談的興趣，最大是來自於自己將來也會經歷老年階段的必然性，我們很渴望知道，人到了那一個階段會有甚麼問題需要面對，在自己還能走能動的時候，將生命的自主權握在自己手裏，決定想要和不想要面對的事。同學最喜歡問老人的問題是，你會如何給 18 歲的自己任何意見？我最喜歡的其中兩個答案是，勇敢地賭一把，追隨你真正想要體驗的事，因為自我價值比一個委曲求全的生命相比更有

意義。另一個答案是，告訴年輕的自己多去認識自己喜歡的女孩子，勇敢地約她們出來，就算不斷被拒絕，要知道市場那麼大，肯嘗試就一定有機會。

我自己覺得每個人都會被當下自己能夠理解和信服的事所說服，所以就算回到過去，當時的自己也不會認同另一個陌生的自我。不過我同意勇氣絕對是幸福的關鍵，也是所有美德的基礎，在這方面我需要多加努力。

有些老人的童年生活在二戰當中，而有些老人甚至參與過二戰，在大西洋堡壘防線上參與過戰鬥。他們對亞洲面孔非常感興趣，經常揮手示意向我這樣的亞裔學生來到他們的輪椅面前，然後告訴我英國現在

如此多元化讓他們感到很不可思議。他們説過往很多舊的價值都被他們這一代的人拋棄，時代也一直往好的方向在發展，看到我們這一代能夠相對無憂地生活，自己除了感到欣慰之外不免有一點點嫉妒。很多老人直到現在還在學習上網和其他技能，因為生命有了某些意義還是能夠更好地忍受。我們能夠提供的幫助也十分有限，畢竟我們還沒有親身面對過老年人的困難，所以只能在一旁當一個細心的聆聽者。

An Irish Guard
Fanling 2022

畢業晚宴

玲

　　兒子中學畢業，他的宿舍舉行畢業晚宴，我受邀參加，度過了的一個難忘的晚上。

　　畢業晚宴在小鎮以外的一個餐廳舉行，只有自己宿舍的家長受邀，所以加起來三十多人，由Housemaster和他的太太主持。英國人的晚宴很講究佈置和氣氛，衣着也很重要。這是第一次和兒子同學的家長們坐下來吃正式的晚宴，我還是不免有一點緊張，不用説，我是全宿舍唯一的亞洲家長，怎麼也不能給兒子丟臉啊。我心裏想，人靠衣裝，但也不能太鮮豔，

又不可以太誇張，滿身名牌當然容易，但絕不能讓其他家長覺得我很土豪，最好是低調得來又高貴，要符合這間寄宿學校的文化氣質，最終我選擇穿一件半袖黑色小禮裙配黑色的高跟鞋參加，加上一點小首飾的點綴，應該是最安全的穿法。

到了餐廳，露天的茶座已經來了不少家長，孩子們自然湊到一起，那些男孩子都是黑領結白襯衫，每個人的頭髮都梳的很有型。媽媽們一堆，爸爸們一堆，Housemaster 和他的太太忙着穿梭在人群中和大家交談。果不其然，媽媽們都是盛裝打扮，我在她們當中應該是顏色最少的那個，她們有的戴着誇張鑽飾，有的披着貂皮大衣，英國的夏天晚上儘管有涼意，但風衣已經足夠了，很顯然，媽媽們都很重視這次的晚宴。

我剛到就被一個媽媽拉進了她們的談話圈子，還沒等我介紹自己，她們就說，我們知道你是誰的媽媽了，後來一想，可不是嗎？我和兒子是宿舍裏唯一的亞洲人，她們也忙着給我做自我介紹，有個媽媽馬上去給我買了一杯酒。說實話，對於她們的熱情，我有一點驚訝，這完全顛覆了我對第一次見面的英國人的印象。然後大家開始聊八卦，當然是和學校有關，她們在猜 matron 多少歲，我記得兒子說，英國人開始和你喝酒聊八卦，就意味着他們把你當自己人了，這麼快？我到場還不到半小時？我在心裏想，這只能說明兒子平時和她們的兒子們混得真的很好，人之常情，如果兒子平時很遭孩子們討厭，對於我的到來，絕對也不會受歡迎。

大概半小時過後，晚宴正式開始，大家會按照座位表入席，你的兒子不會和你坐在一起，我的兩邊都是兒子的同學，兩個小紳士，他們在晚宴的全程都在和我交談。寄宿學校是很重視學生的社交禮儀，他們在大大小小的學校活動派對宴會中已經訓練得很有社交經驗，會像大人一樣和你禮貌的交談，給你遞麵包，有時說一兩個無傷大雅的英式笑話，當然，我的兒子也在和他身邊的家長交談。主菜結束後，Housemaster開始講話，他用一個湯匙敲一敲酒杯，開始他的畢業晚宴發言。原來他為每一個同學都寫了一篇講辭，將那個孩子有趣的事情，好的個性，特別之處以風趣幽默的方式講出來。每講完一個孩子，大家鼓掌，說到兒子，原來他連兒子喜歡歌劇都知道，聽得出，那篇東西是很用心寫的。

　　我可以用歡聲笑語來形容這個晚上，大家喝了酒，興致更高，氣氛更開心⋯⋯晚宴結束，別的本地家長，他們是開車來的，我打算叫計程車回酒店的時候，有家長主動說車我們回去。整個晚上，我沒有感到一點陌生或被排外的感覺，要知道，其他的家長，他們彼此都認識了好多年，因為他們的孩子都是從小一起玩大的⋯⋯

　　回去酒店，我問兒子，你們同學怎麼說你媽？他歪着腦袋看看我，笑着說：他們說你很優雅，還有，很性感！

　　天哪！這幫男孩子！

畢業晚宴

Beautiful day!
Jul. 2022

晉森

其實在畢業之前，我和同學在 house 裏已經自己偷偷地慶祝過一遍，學校要舉辦這個畢業晚宴，是為了讓家長和自己的孩子一起見證人生這麼一個寶貴階段的結束。我們的 Housemaster 為此費盡了苦心，在晚宴之前就在想，如何為每一位同學的校園生活做一個最為完美的總結，既能夠讓家長感到高興，又不偏離事實情況。

記得在宴會舉辦的兩個月前，Housemaster 在宿舍的小型酒會上，和我們說了當晚的安排，當中也有提過向每一位家長介紹同學的環節。有一位經常給人逮到偷喝紅酒的 G 同學說，請 Housemaster 不用猶豫，在自己身上多花心思找優點，直接照實說就可以了。

　　宴會當晚的場地，是一個開著名蘋果酒公司的女同學家的酒館，內設有餐廳。那位女同學的弟弟和我們在同一個宿舍，比我們低兩年級。那些暗戀他姐姐的高年級生，沒事便藉課業檢查為由，趁機去打聽他姐姐的私生活，有時候還連群結隊的去。

　　我有一次下了課走進宿舍的前門，看到自己 form 其中幾人圍在一桌，在庭院裏填寫會參加晚宴的家屬名單，然後就開始討論別人的家長。我一直豎着耳朵在走廊裏聽，看看他們會怎麼評價我自己的家人。

　　他們在說到我母親時，説 Sam 的母親看起來很性感優雅，將來要是娶一個亞洲女孩，可能比較不容易，還説要到亞洲國家好好幹一番「事業」。後來我上了

大學，有一個學 sociology 的同學說，根據英國約會網站的統計，亞洲女人的確最受歡迎，而最沒有市場的就是我們這些可憐的亞洲男生。我等他們說完，才從他們背後冒了出來，把他們嚇了一跳。不過我們早也知道，有位愛爾蘭同學，毫不掩飾地大方表示，他覺得一位同學的媽媽很 hot，每次在開這種玩笑的時候，那個同學都會佯裝用文件夾追着那位愛爾蘭的同學來打。

在晚宴開始前，學生會和家長分開進行交際活動。家長其實早通過子女的話語對同學都略有所知，所以這個活動環節更像是家長間在互相認識。Housemaster 在安排座位時也頗為得體，為了避免在長桌上安排誰的座位靠近門的這種棘手的問題，乾脆讓自己的妻子

坐在一端，自己則坐在另一端。這樣在宴會上的家長
和學生都可以感覺自己是在接近主人家，而不會感到
有任何被怠慢的嫌疑。家長會和自己的孩子分開坐，
以便所有家長都能夠和別的孩子可以相互交談。在這
之前同學們已經互相 brief 過甚麼有關於自己的事是可
以說的。

Housemaster 等大家都互相有了一個基本的認識
後，站起來為每一個學生的校園生活做出總結，並以
幽默的方式帶出學生最引以為傲的個人特質，並給他
們的前途送上祝福，那種真摯的語調讓我至今仍然感
到相當溫暖。

拿到大學學生證的第一天

二．蘇格蘭

和
2022

人人平等的蘇格蘭

玲

　　走進香港的銀行，會因為你開設的戶口種類不同而有不同的待遇，如果你的戶口種類高，你會被請到有沙發的區域，還可以享受免費的茶和咖啡，更有專人會為你服務。可是在蘇格蘭，就算你的戶口級別是比較高的，你也必須和所有其他人一樣排隊。曾經見過一個亞洲人問銀行的職員，為甚麼自己的戶口是最高級別，也要在大堂和別人排隊？我聽見那個銀行的職員對他說，「這裏是蘇格蘭，戶口有等級之分，但人沒有等級之分，請你排隊」。

　　不單是銀行，其他的會所也是一樣，比如高爾夫球會，在蘇格蘭的球會打球，費用可能不同，但如果你想去一些有水準的球會打球，付了費用，基本上都是可以去打一場的，不像亞洲的一些私人球會，沒有會籍，你休想進去打球，而近幾年，一些私人球會的會籍入會費更是天價。我在蘇格蘭打球，甚至還看到有人帶了兩隻狗進球場，這在嚴格的亞洲球會會所裏，是絕對不被允許的。在打球方面，蘇格蘭也體現了人人平等，亞洲的私人球會，你可以有球童幫你開車，拎棍，在蘇格蘭，多麼高級的會所，只要大家下了球場，都要自己拿球包，很多球場也沒有球車，就是靠你的雙腿走天下！

其他的場所，餐廳，酒吧……也都沒有所謂的貴賓招待，先到先得，人人平等，無論你是政府官員還是商業巨頭，無論你是本地人還是外國人，平等，是蘇格蘭人很看重的一件事情。

A golfer
FanLing 2022

　　蘇格蘭人對格拉斯哥曾為工業城市的歷史向來非常自豪，認為他們是用雙手締造一切的民族，務實、正直和誠實，和南方的鄰居截然不同。雖然我南北兩地都呆過一段不算短的時間，但是很難用任何特定的形象去將兩地的人概括起來。要是回憶的話，對兩地的印象大多來自自己的個人經歷。

　　但是的確值得一提的是，當地的人對任何與階級有關的話題都痛深惡絕，認為那是英格蘭人才獨有的事。我和蘇格蘭的同學在酒吧裏混得有點熟以後，他們便問我之前在哪裏上過學。我說我在英格蘭中部的一所學校讀過兩年，他們面帶同情地跟我說，我們這裏很自由，沒有甚麼條條框框，你可以放鬆做人。真

不知道他們受過英格蘭鄰居的甚麼氣。或許我最不應該做的，便是在他們面前誇讚倫敦。他們說他們從來沒有去過倫敦，這輩子也應該不會去。他們說格拉斯哥便是蘇格蘭的首都，所以那次之後我就隨便找了個其他的話題講，希望他們能夠忘記我對英格蘭提出過正面看法的事。

的確有些香港同學指，那裏的工黨勢力很強，很多人知道現在都對當時邱吉爾對工人運動的介入心懷芥蒂。那裏的社會氛圍反對任何人以特定的眼光去看待別人，同性戀可以自由地在街上牽手而行，政見相違的政黨彼此在幾尺內互相擺攤也可以禮貌相待。在宣揚反對種族歧視的遊行中，我看到一個有關於包容性的悖論：「我們包容一切看法，除了那些不具包容性的。」我覺得這最能夠體現出我對蘇格蘭社會的印象。

University of Glasgow
Fan Ling 2022

愛看書的流浪漢

玲

　　蘇格蘭的流浪漢特別多，剛來的時候，發現不單在大街上，商場門口，超市門口，幾乎所有要道的門口都會有一個坐在地上的流浪漢。他們很悠閒地坐在地上，前面放着一個罐子，裏面有一些人們給的零錢硬幣，神情自若，你路過他們身邊，有的還會和你笑着打招呼，「早上好！」或者「祝你有愉快的一天！」完全不像亞洲的乞討者，一副慘兮兮的樣子。開始遇到他們的時候，很不知所措，後來見慣了，而且發現他們有各自的地盤，每天會像上班一樣到自己的地盤，

小區的人似乎也認識他們，有的人在超市買完菜，出來還會和他們交談幾句……雨天也會有人送傘給他們，這些流浪漢似乎已經成了這個城市一道獨特的風景。

最奇特的是有一天，我路過一間書店，發現有一個坐在地上的流浪漢，捧着一本厚厚的書津津有味地在閱讀，這還是我第一次看到乞討者在看書。這位先生渾身上下髒兮兮的，惟有他手上的書很顯眼，我瞄了一眼，好像是一本小說。這流浪漢做的也是真夠寫意的了，他完全不理會身邊的世界，很專注地看他手上的書……過了幾天，我又路過那家書店，發現他還在門口，特意留意了一下，他手上已經換了另一本書，如果他長年累月在那裏看書，這樣一年到頭他會看不少書呢。我的好奇心被誘發出來，我讓兒子留意一下，

他是不是一年四季都在那裏，兒子在電話報告說，除了下雪天和下雨天，這位愛看書的流浪漢幾乎每個星期都在。第二年的夏天，我特意跑去那家書店門口，看看那位流浪漢還在不在，他竟然還坐在門口的地上，還是同樣的姿勢在看書……

我很好奇，問當地人這裏為甚麼這麼多流浪漢？而且這些流浪漢似乎並不熱衷乞討。當地人說，他們大部份都有由政府給的房子住，又不想做事情，反正坐在地上討錢比較舒服，又可做自己想做的事情，反正一天下來，討些零錢加政府津貼，吃飯就夠了，寬裕的時候甚至還可以買酒喝……

怪不得那位老兄天天坐在地上看書，可能除了看書，他甚麼也不想做！

晉森

　　在格拉斯哥，流浪漢基本上可以說是街景的一部份，人們樂於向他們施捨，他們也面不改色地繼續坐在那裏。坐在街邊被稱為流浪漢的，只是一個過渡的個人狀況，當中有很多人因為突發的經濟變故、或是與房東在契約上有衝突被趕了出來。所以才會落入如此困境。有些比較悲慘的則是患上了精神疾病而無法繼續工作，或是在沒有牌照和資格的情況下毫無保障地為別人工作多年後，忽然被別人解僱。

　　很多時候他們會坐在超級市場或是餐廳的入口，讓你走過難免不產生隱隱一絲的罪咎感。同學告誡我說，如果你常常向他們施捨，他們便會覺得那是你的

義務，如果有一天你因為某種原因不向他施捨，他還
會向你大發雷霆，覺得你欠了他。他說加上有很多政
府提供的支援和服務，他們有些並不是完全欠缺工作
能力，只不過覺得現在可以選擇的工種自己不想做。
面對如此繁重的學業，我也沒有深入研究這一個問題，
造成這種現象的因素很複雜，也很難一時釐清背後的
關係。同學說這便是 Glasgow syndrome 的 symptoms，
目前為止還是沒有任何福利政策可以徹底解決這種問
題，對於流浪漢存在是出自於自願還是無奈都各有支
持者。

　　在搞學生會期間，有個流浪漢想湊熱鬧，所以在
舞廳的門前跟我們說想讓我們贈張剩下的票給他，他
想進去找人說說話、跳跳舞。我們看人那麼多，加上

他的穿着看起來也並非那麼不體面，所以覺得有何不可，便邀請他進去了。他在吧枱前點了一杯 tequila，然後跟我們談自己因為性取向被養父母發現而被趕了出去，很快便能夠解決住宿和工作的問題，最後還是可以自食其力。我們大概是因為沒有親身體驗過那種悲慘，所以很難擠出任何安慰的話，他其實也只是想找個不認識的人聊一聊，他把那杯酒喝完以後便說不打擾我們，起身走了。

愛看書的流浪漢

競選學生會

玲

　　我家兒子在中學是比較內向的，不太喜歡公開發言，我怎麼也沒想到，他在大學二年級那年去競選學生會的幹事，經過幾輪的面試，當選了那一屆學生會的活動統籌幹事。當他告訴我的時候，我真的大吃一驚，但還是很開心他的轉變和積極參與公眾服務的決心，大學二年級的哲學系，課業量也是很重的，一度我也有點擔心，他可不可以平衡學習和搞活動的時間，畢竟學業是最重要的，但又轉念想一想，將來出了社會做事，要同時兼顧的事情會更多，現在有機會練一下，絕對是件好事情。

他不是每件學生會的事情都會和我分享，儘管我這個媽很八卦，甚麼事都想知道，他們的學生會內閣成員照片還是我自己在學校的網頁上發現的。我問他，你都負責些甚麼呢？搞活動，他說，好像新年，聖誕，還有迎新……我感覺那一年似乎活動不斷。大學有一點資金的資助，但有些也要靠加入學生會的同學所繳交的會費，這些活動才有可能舉行，他們很多時候都要面臨資金不足的情況，但又想舉辦像樣的活動，只有挨家挨戶地和商家去洽談場地的價錢，然後選取合適的商家合作。每次活動，最早到場的是他們，活動完結，他們還要負責收拾場地，如果有學生不小心喝醉酒，他們要負責送回去，以免發生意外。雖說是香港學生會，但參加的同學並不限於只是來自香港的同學，內地生、日本、韓國都有，看着他們學生會網頁

上的照片，每個孩子都那麼開心，我覺得他加入學生
會是一個對的決定。只可惜，大三的課業非常繁重，
於是他辭去了內閣職務，開始專心讀書，但那段他在
學生會任職的日子，讓一個靦覥的青年慢慢開朗健談
起來，尤其是說到學生會的一些趣事，他會哈哈大笑
起來，露出臉上的酒窩⋯⋯

　　我對他說，你看你，笑起來多好看！

晉森

　　大學時，臉書上有招募學生會內閣成員，於是我就在截止日期前填好了表格，介紹了一下自己相關的經驗去競選。由於香港學生所舉辦的學生會，不屬於受大學其他部門資助的學生組織，所以所有資金來源，都是來自有興趣的學生自掏腰包去撐起舉辦所有活動的經費。不過不受制於大學，我們內部對進行活動相關的決定便有很大的自由度。

　　在當地讀書的香港學生如果有了鄉愁，便會來參加我們舉辦的活動。活動基本上都離不開吃飯和喝酒，所以認識人才是目的。我們系有個來自意大利 parma 的同學，想要來認識一下亞洲女孩，所以便跑過來參

加晚會，我知道很多沒有拍拖的男女同學也是抱着這個心態來參加的。我們在 budget 上根本無法與其他 society 相比，所以能夠把 DJ 請過來以後，接下來在餐飲上能夠做的選擇空間便窄很多，所以每次開會，講到這個問題都會氣氛緊張。

基本上在我的印象中，學生會的活動裏並沒有發生過甚麼驚天動地的浪漫故事。來參加的同學大都很拘謹，吃飯的過程中也只是說一些客套話而已。我的意大利同學說，香港男生在這方面太謹慎了，如果在意大利，他們的民族會遭到滅絕。據他所說，意大利女性，會故意拒絕男性，想要看看你對她的喜歡是否會卻步於小小的困難。但在場的所有人，都認為他十分政治不正確，難道別人拒絕了你，你還要強人所難

嗎？他還當場給我們演示了一下，如何隨機去向女孩要電話，而且還成功了。他說只要想像有一把槍在頭上指着你，那麼你便會敢於跟女性搭訕。不過不管怎麼樣，我還是覺得那樣很不妥。他說我的顧慮完全多餘，最後還「開導」我們，說如果目的性明顯，那麼對方反而不會產生誤會，不喜歡你立刻便可以把意思告訴你。他的說法得到了某些同學的認同，但我覺得，被他搭訕的女性會不會覺得不被尊重而當場拒絕了他。

我必須承認我在活動過程中沒有太多可以發揮的地方。一切活動的組織都是按照往年的方法去進行，唯一有可能出現的變數便是，以往舉行類似活動的會場或餐廳，忽然決定不再讓給我們搞活動，或是提出一些新的條件。我們的原則是絕不付場地費，活動通

常會吃飯，因為我們是給店方帶來生意的，如果他們覺得這不是一個好的 deal，那麼我們也不會勉強他們去做慈善。根據個人經驗，有些店家也只是試探一下我們而已。因為他們並不是不愁客人，很多時候也是依賴年輕人把他們的生意帶起來。

好吃的蘇格蘭餐廳

玲

　　說起來有一件事情非常搞笑，剛到蘇格蘭正好趕上我的生日，大家想去一間好的餐廳慶祝，於是就在網上找，找來找去，發現有一間意大利餐廳說是這個城市最好吃的餐廳，評價很高。我們訂了位子，興致勃勃的前去。要知道意大利菜雖然就是那幾樣，但真正做到好吃，是很講究功夫的，結果，麵包上來又乾又硬，已經覺得失了信心。要知道，好的餐廳，沒吃到主菜，麵包已經可以看出水準，之後的沙律、牛排、意粉，都非常一般，但看餐廳裏別的桌子上的人都吃

得津津有味，我們開始覺得，蘇格蘭的食物比起英國，也好不了哪去，因為這是最好的餐廳，比起世界級的水準，真的差得太遠了！

後來住久了，和當地人問起，大家都不是太知道那家餐廳，大家聽我們說蘇格蘭的食物一般，都紛紛搖頭，問我們除了那間餐廳還去過哪家？我笑着說，你們成為最好的那家我都光顧了，還需要去別的餐廳嗎？他們說應該相信自己的舌頭而不是網絡，推薦了一條街名給我，原來那條街上全是餐廳，像是食街，每一家餐廳都有自己的拿手好菜。

喜歡吃的我一家一家的試，很多都沒有令我失望，我開始懷疑那家意大利餐廳的評論是找網絡打手寫的，

真是害人不淺，原來蘇格蘭有那麼多好吃的餐廳！

蘇格蘭物產豐富，除了牛羊肉，三文魚海產也是非常新鮮。有一家餐廳，專做海鮮，第一次去吃的時候，以為試法國菜，後來又去了幾次，和老闆兼大廚也熟絡了，才知道就是蘇格蘭菜，全部食材都是老闆親自採購。這家餐廳的菜單分四道或六道菜，至於吃甚麼都是老闆訂好的，每一道都很花心思，配酒也很講究，是每一次我到蘇格蘭必去打卡的餐廳。人們都說，在外國大家很少出外吃飯，蘇格蘭似乎不是，好的餐廳不定位，走進去根本沒有位子，星期五到星期日，家家滿座，夏天外面也坐滿了人。大家都在很開心地吃啊吃，喝啊喝，每個人都那麼高興，感覺生活是那麼的富足美好！

晉森

在英國上寄宿學校時，聽說過蘇格蘭人會吃由羊
的內臟和大腦混在一起製成的黑布丁。吃的時候混在
土豆泥裏，會有一種淡淡的奶油香。我沒想到在英國
對食用動物內臟的接受度也那麼高，看來在華夏文化
圈吃豬肚、牛柏葉等類的食物也並非會讓我們在飲食
文化上成為異類。

除了 Haggis 以外，英國人對蘇格蘭食物的典型印
象還來自於 Black Bun。Black bun 是用桂皮、扁桃和
葡萄乾做成的糕點，其黑色的顏色成份主要來自與被
擠壓成漿糊狀的黑葡萄，被一層長方狀軟麵粉皮裹住，
在長方形的 bun 的兩端露出黑色的餡。我到了蘇格蘭

向人打聽過這種露餡餅，但是卻發現只能夠在超級市場才能買得到。當地的朋友說他們小時候都在家裏吃過這種餅，但是並不是說是那麼受人歡迎。吃的原因主要也是出自於節日的儀式，在聖誕節的第十二天的晚上慶祝主的恩典，但現在則更多人選擇在蘇格蘭新年 Hogmanay 吃。如果根據 you gov 的數據，black bun 是被有份參與問卷調查的 sample 裏，最被廣泛體驗卻最不討喜的食物，我覺得問卷調查結果和我的經驗相符。很多老式的蘇格蘭食物被食用並非出自於個人的喜好，而是來自於節日和儀式的需要。

在社會學裏，沒有意義但是又符合社會規範的行為才被稱之為儀式，所以當時讓我想起「儀式感」這個詞，被用在求婚上和做自己喜歡的事上，實在是難

免感到刺耳。然而食用 Black bun 的確是出自於這種心態。在 Hogmanay 上吃 Black Bun，被人戲謔為從基督回歸異教，但是當然沒有太多人會在意這些事。

由於蘇格蘭在北海有自己的三文魚養殖場，所以可以在餐桌上提供新鮮的海產。因此在格拉斯哥和愛丁堡的許多餐廳都以海產作為招牌菜，也有不少吸收法國餐元素的餐廳，將法國處理海鮮的手法運用在自家的菜裏。我反而在蘇格蘭更能夠體驗到食物的多元，隨處都能夠看到來自不同文化的移民者開的餐廳。甚至連正宗的波斯菜和芬蘭菜都能夠在當地吃得到。

但是那些自稱為意大利餐廳、西班牙餐廳的菜，廚師本人不但沒有受過相關烹飪方式的訓練，自己本

身也是蘇格蘭人，所以經常會被來自西班牙或是意大利的人批評他們對家鄉菜的個人詮釋。來自希臘的紅髮女侍應在越南河粉餐廳打工，而蘇格蘭人居然在中國餐館穿中式的衣服，日本餐廳穿和服。所以就像某位同學所言，在格拉斯哥你的舌頭的確能夠環遊世界，不過那時候正值移民政策的敏感期，所以他的話也不是沒有遭到不少相識同學的非議。

蘇格蘭鹿肉料理

蘇格蘭威士忌

玲

有一句古老的諺語：沒有威士忌解決不了的事！

馬克土溫説：世上甚麼東西太多了都不好，但好的威士忌就多多不夠！邱吉爾説：為了使白開水變得可口，我們不得不加點威士忌⋯⋯村上春樹説：威士忌就像美麗的女人，博取眼球，等你一見鍾情，舊式喝酒的時候了！

可見，人們多麼喜歡威士忌，而蘇格蘭的威士忌，是一種只在蘇格蘭生產的威士忌，只能使用水和發芽

的大麥，只能在橡木桶，而且，1988 年蘇格蘭威士忌法禁止在蘇格蘭境內製造不是蘇格蘭威士忌的威士忌，所以，蘇格蘭威士忌變得更加珍貴。在香港，聽得最多和長得最多的是麥字打頭的威士忌，好的年份價錢很貴。我到了蘇格蘭，自然野趣打聽威士忌，麥字威士忌是好久沒錯，但當地人說，有很多好的蘇格蘭威士忌，他們是不出口的。換言之，你只能在蘇格蘭買到，而且，有些更好的威士忌，你只能在指定的店裏買到限量版。

我們在香港喝威士忌習慣加入冰塊，可是我在蘇格蘭卻很少看到有人這麼喝 ，他們覺得加冰會浪費了威士忌的純度，頂多他們會加優質的水一起喝，更多的是直接入口。我不是太能喝酒，但也淺嚐了幾次，

好的蘇格蘭威士忌，沒有入口就已經芳香四溢了，而且可以保存很久也不會失色。有一瓶威士忌和家人在兩年前新年開來喝，沒有喝完，兩年後回去再打開，完全沒有分別，還是那麼清香。所以，蘇格蘭的威士忌出名是有原因的。

如果你沒嘗過，有機會一定要去當地試一試！

晉森

　　我跟香港的朋友一提到要到蘇格蘭讀大學，他們便讓我一定要嘆一下蘇格蘭的威士忌。當我來到蘇格蘭後，我戒掉了在威士忌裏加冰塊的習慣。在餐廳裏點餐時，如果你跟侍應說你想在你的威士忌裏加冰，你會看到在他臉上帶一種微微的不屑，然後問你是否真的確定要那麼做。我當時不以為然地說，是的。不過後來覺得事有蹺蹊，所以仔細問下去，才知道原來他們認為加冰會破壞酒體的質感。他們還說，只有日本的威士忌才是那麼喝的，但日本威士忌是日本威士忌，那不是真的威士忌。我只能點頭說好。

蘇格蘭人對自己的威士忌頗為自豪，常常與似乎是死對頭的日本威士忌互相做比較。在參觀酒廠時他們說，蘇格蘭的威士忌喝起來在味道上是有底蘊的，而日本的威士忌就像流動的山澗，雖然淺嚐一口很清，但是不像蘇格蘭威士忌那樣喝完味道一直縈繞在喉頭，一股暖意放射狀地散佈全身。不過格拉斯哥本身沒有甚麼酒廠，值得慕名而去的都散佈在愛丁堡的市郊。不過比起蘇格蘭威士忌，在球賽上常被喝、被譽為蘇格蘭民族飲料的 irn-bru，似乎在當地更有蘇格蘭的代表性。

只能在蘇格蘭買到的威士忌

熱情的蘇格蘭人

玲

　　儘管我們覺得蘇格蘭人也是英國人，但那只是國籍上的劃分，蘇格蘭人永遠覺得自己是蘇格蘭人，不是英國人。而這幾年和蘇格蘭人打交道，也的確發現，他們和傳統的英國人很不一樣，熱情，直接，爽快，愛和恨都寫在臉上，和他們打交道，不累。他們的語言裏少有那種英式幽默，英國人是很擅長笑着把你罵了，蘇格蘭人可不是，喜歡就喜歡，不喜歡直接說不，而且，大部份的傳統蘇格蘭人都很友善。

　　我和兒子剛到蘇格蘭的頭幾天，人生地不熟，有一天，就那麼巧，我們出外買東西，兩個人都忘了給

手機插電，因為逛得太久，已經記不住自己在哪條街。通常我們買完東西會用手機叫車，打地址給司機，我們就可以安全到家，可那天，當我們想叫車的時候，兩個人的手機都完全沒電了，商舖已經關門，天色也完全黑了下來，那時是冬天，外面氣溫驟降，很冷。我們完全迷失了方向，試着走了幾條街，估計越走越遠，好像走進了居民小區，街的兩旁都是住宅，我們不知道這樣走下去會不會走到主街。我看到一家住宅有燈光，就叫兒子上前詢問，看我們在哪裏，怎樣才可以回去？

怎知開門的女士聽說我們迷了路，就請我們進去，她說外面很冷，我正在猶豫要不要打擾，她已經打開門示意我們進去。我記得那是一間很漂亮的住宅，客

廳裏掛滿了畫，她請我們坐下來，然後幫我們叫了車。很快車到了，我們道了謝，準備上車的時候，她說車資已付了，因為她用信用卡直接叫車。我堅持付錢給她，她怎麼都不肯收，說外面很冷，催我們快點上車。這樣，在一個陌生的蘇格蘭女人的幫助下，我們順利回到了住所。車開走了，我才想起忘了問司機我們上車的地點。

後來，我怎麼也想不起那個女人的家，也嘗試到附近，可是也不確定，這成了我的一個遺憾。我很想買份小禮物親自再去道謝，可是未能如願。我跟兒子說，無法和她道謝也沒關係了，以後遇到需要幫助的人，我們也可以這樣去幫助……這種事情如果發生在倫敦，我覺得是不會有人請我們進門的。對了，順便說一句，蘇格蘭人特別討厭倫敦，我也不知道為甚麼。

So many books.
So little time.
—Frank zappa

　　蘇格蘭人獨特的民族性在 1754 年時，已被旅居英國的印度人 Sake Dean Mahomed 在旅記中有所描寫。每當我和蘇格蘭人談及這個問題時，他們發現其實不少國家都有南北民族性的現象。典型的觀點是北方人民族性熱情、直率、敢於鬥爭，而南方人則精明、謹慎和善於經商。如果你去到德國的北部，你便會聽到那裏的人用非常類似的觀點去形容南歐的希臘人。他們認為可能是南方的海域帶來了貿易，加上海上變幻莫測的狀況，會讓那裏的人變得較為機警。不過我對這些大眾觀點都持保留的態度，聽一聽就算了。

　　但蘇格蘭人性格直率卻是眼見為實的。他們那裏的人從來不會討好別人，有任何意見也會非常直接地

説出來和你討一個解決方法。這一點你在他們的服務業上會有很深的體會。他們如果喜歡你，那麼他們的微笑絕對是真誠的，做人從來不拐彎抹角。但是他們卻非常禮貌，在行為和價值觀上比美國和其他新英格蘭國家都保守得多。如果你問我的話，我還是蠻欣賞這種作風的。

想要和蘇格蘭同學打成一片，當然要和他們一起去 pub。沒有酒，怎能帶出友誼的味道。在酒吧裏，經常會有人為我們一群學生點酒，説是送給我們的。我非常警惕地看着酒真的是由酒保所斟，才敢喝下去。同學間也有不少活動，有時候一些只是見過一兩面的人都會記起我，邀請我去參加某些活動。我告訴過他們我的原則是絕對不能夠失態，否則只會給他們添麻

煩。不過這條原則隨着談話變得越親密、越激烈，便慢慢消失掉了。

　　我的蘇格蘭朋友（他上學期間考了個 bar tender 的牌想要自己開酒吧）讓我不要介懷，人年輕當然要盡情地去感受生命的樂趣。他說對於一個內心善良的人，酒只會把他最好的一面帶出來，酒精會給一個人的性情添色，讓內心原本已有的事物變的更為有力。

適者生存

玲

　　上次説到，兒子上了大學，學業已不屬於我操心的範圍，這話倒是真的，因為就算我想參與，也不懂。我的年代，只要上了大學，只要你不是天天不上課，又不做功課，基本上，混都能混到畢業。我認為兒子上了大學，怎麼都可以畢業的，但真正到畢業，我拿到他們系的畢業小冊子的時候，吃了一驚。原本大一時，哲學系有二百多新生，當然百分之九十八是本地人，只有一兩個亞洲面孔，兒子是其中一個。四年的大學，能夠榮譽畢業的只有六十多個，這中間的艱辛，可能只有兒子自己知道，而他，也是這一屆唯一能夠

在哲學系畢業的亞洲人。

這所學校算是蘇格蘭的牛劍，醫科尤其出名，哲學系也是這所學校的重頭戲，所以學校對於成績的要求非常高。大一和大二可以允許不合格，暑期安排重考，大三是不可以掛科的，如果掛科，對不起勸退。到了大三，有兩個選擇，一可以畢業，如果大三的GPA達到要求，也可以繼續修讀大四，也是不可以掛科，修完可以獲得榮譽學士的學位。

兒子的同學，每升上一級，就少了幾個。他讀完大一，我才知道學校有這種淘汰制，所以免不了一到學期末，就有點提心吊膽，順利升上去了，我就鬆了一口氣。又到學期末，我的心又提了起來，眼見有學

生到了大三，沒能捱下來出了校。要知道本身母語是英語的孩子去讀哲學，都是很頭疼的事情，我們家這個的英語肯定比起母語是英語的孩子，會吃力不少。所以，當我得知兒子順利完成學業拿到學位那天，真的好開心，好感恩！

後來和他聊起來他的大學生活，他說除了大二期間忙學生會的事情（因為他是學生會的幹事），其他時間都在用來唸書。大一的時候，他選修拉丁文，報名時教授有勸他選別的科，跟他說本地人都有人堅持不下來拉丁文的課。我想兒子選讀哲學，哲學系的老師可能多多少少也會不太看好他，可是當兒子拉丁文在期末的時候拿了 A 後，教授的態度一下子轉變了，他走到兒子面前說，他很驚訝兒子可以取得這麼好的

成績。儘管這話我聽上去多多少少有點歧視的味道，但我是可以理解這位教授的。打個比方，一個英國人，非要來修中國古典文學，在我們看來，他就是自己給自己找苦吃，可是大量的事實證明，很多漢學家都是藍眼睛的外國人。所以，兒子哲學系順利畢業，學會了適者生存的道理，也是值得的。

晉森

　　蘇格蘭的本科與英國不同，為期四年，那當然是你能夠符合所有獲取學分的要求，順利 progress 到另一個學年。學校的選課制度也經常被同學揶揄為 choice architecture，原因則是你必須在上下學期讀某些必修的科目，其他的科目為選修科。但不會與必修科目在上課時間發生衝突的選修科卻往往只有一項，所以我們能夠做的也只是選擇這個動作而已，接下來只能去認證了解這一科。

　　不少中學生在考 A-level 的時候都對哲學這個科目抱有幻想。在我們的中學時代，對哲學的興趣多數是通過尼采、黑格爾和叔本華的作品開始的。那時候作

為學生，對自身周圍的事物感到欠缺掌控力，也沒有甚麼可以依照自身意志體現的價值，通過他們的作品，似乎能夠讓我們找回對這個世界的掌控感。我們在校內舉辦哲學學會，想要批判任何意義，建立一個穩定而不會有任何失誤的認知體系的基礎。但其實這些和本科所學的哲學相差甚遠，可能更加接近與政治哲學和社會學。然而由學生獨自發起的哲學探究很容易演變為僵硬的教條，來鞏固已有的價值觀。

有時候有些學生學習哲學的動機也並非單純對學科感興趣，而是期望能夠在哲學著作中吸取一些慰藉來解決他們歸屬感、自我價值和社會角色的不確定感。這些學生對教條和數學有一種強烈的偏愛，因為這兩者在本質上相同。數學和教條的絕對性給予他們在滿

足這三個困擾他們的問題一種穩定性和安全感，在這個價值觀日新月異的世界，找到絕對的肯定。你在哲學系可以找到很多這樣的學生，但是抱着這樣的心態無益於他們的學習。他們在發展自我的過程中遭遇挫折，對外物和人都失去了真誠的興趣，開始以一種純客觀的方式看待外在的事物，不再對其作出任何情感上的反應。

本科總共分為傳統的四大支系，分別是形而上學、認知學、邏輯和道德哲學。在學習這些科目時必須不帶任何主觀的情感嘗試去說服，而是將去分析理論本身展示一個現象或特性的依據，並與其他有關該現象的理論和主張進行比較。每年有舊校的學生說想要唸哲學，我就會把教材傳送給他看，讓他確定自己是否

在未來的三四年真的想投身研究相關的題目。因為在英國的寄宿學校學的是宗教哲學，雖然在方法論上與本科所學的哲學有相同性，因為當時的神學家意欲為宗教概念給予一個理性的基礎，以圖讓這些概念向數學特性一樣絕對而不可否認。但本科的哲學並不會和這些概念打交道，所以必須要認清個學科的分別才能夠確定自己是不是適合讀哲學。也有些低年級的學生看完我學的教材後轉讀了神學，我覺得那是一個不錯的選擇。

學習目的本非真正對所授課題感興趣的學生，很快便會在課業表現上感到吃力。這也並非難以預料之事，所以有些學生就算在第二年滿足了所有的學分要求，也轉了系。這還算是幸運的。有些上了第三年才

開始抱怨自己不適合讀這個本科，可惜不想三年的努力都被浪費了，所以硬着頭皮讀下去。所以我一直認為我有責任在別人跟我說他想要讀哲學時，好好讓他明白自己四年將會面對的是甚麼。

蘇格蘭的夏天

玲

　　儘管蘇格蘭對於我來說，一直是一個神秘又遙遠的地方，但如果不是兒子要去那裏上大學，我不知道自己會不會去那裏旅行，因為聽說天氣寒冷風又大。2017年的夏天，我陪他一起飛到了蘇格蘭。

　　想不到蘇格蘭的夏天是如此的美麗，天氣不冷不熱，綠樹成蔭，鳥語花香，這是一個美好的開始，我心裏在想。但現實總是和理想有一段距離，兒子雖然不是第一次出門在外，但這是第一次要自己面對一切的生活挑戰，也是第一次真正自己居住，沒有同學和

老師的陪伴。本來我是可以在他狹小的公寓擠幾個晚上，可是想到兩個星期後我回香港，他要獨自面對一切，於是每天吃過晚飯我都回到自己的酒店，讓他一個人開始慢慢習慣自己住。白天除了他要去辦各種新生證件，餘下的時間，我就讓他嘗試煮各種基本的菜，畢竟填飽肚子是頭等大事。國外的超市裏的品種不同，調味料也有限，兒子很快上手，基本的七八個菜還是可以端上檯面了。以前在家是工人姐姐洗衣服，在寄宿學校有校工負責打點一切，這次從開門到關燈一切都要靠自己，我跟他說，別的都不是太大的事情，安全第一，記得要關水電閘，出門注意安全⋯⋯

總之兩個星期我嘮嘮叨叨的是囑咐了很多，從洗衣服到倒垃圾，從吃到住，到底他真正記住了多少，

也不清楚。我的大原則是，男孩子總要扔出去練練的，只要完好無缺的回家，就可以了，至於學業，我反而沒擔心，上大學了，學業已經不屬於我操心的範圍了。後來才知道，這所大學能畢業，真不是鬧着玩的！

就那樣，我和他在他的公寓樓下揮手告別，我在開往機場的計程車裏，他站在路邊。剛從中學升到大學的小男生，儘管個子很高，看上去還有些單薄，還是個孩子。他一臉嚴蕭，勉強的擠着笑和我告別⋯⋯我的車開動了，我把頭回過來不再看他，蘇格蘭公路兩旁的綠樹在車窗旁匆匆掠過，陽光在我的臉上時隱時現的閃爍。車子開上了高速公路，忽然，我的鼻子一酸，開始有點捨不得我的大男孩⋯⋯

晉森

　　如果第一次來格拉斯哥的時候正處於夏天，那麼你會有一種錯覺，覺得這個城市的氣候還不錯，陽光燦爛再加上萬里晴空，並不是很難適應。不過再呆幾個月，你才知道你來的時候格拉斯哥是一年四季天氣最為明朗的一段時間，等過了8月以後日照時間的極限便會由晚上九點一直縮短到下午四點，而且那時候你便不會覺得屋裏的暖氣設備是不是裝得有點多。

　　我所住的公寓正好在河的邊上，在大學區以內。我在英國的宿舍也是有獨立生活的經驗，不過第一次在陌生的城市獨自生活也是一種全新的體驗。然而相比蘇格蘭本地的同齡青年，香港來的留學生的社會經驗的確非常少，從小到大體驗過的自主權也並不是很

多。孩子在成長過程中從來沒有感受過為自己做重大決定的經驗，只會在不得已自行做決定的關鍵時候，手足無措、把事情的嚴重性誇大自己嚇自己。

我因此很慶幸自己的母親是那種諮詢性的家長，對於我有可能要面對的外界考驗一向都以誠實的態度去教我如何面對，也盡可能地讓我去獨自嘗試解決問題，在人生關鍵的時候把她看到的顧慮告訴我，讓我自行做決定。她所有事情都讓我主動去做，目的就是確保我真的能夠應付陌生的生活模式。因為母親本身也有出國留學的體驗，所以將很多有可能遇到的問題都提前告訴我，讓我有心理準備去應對。

我在格拉斯哥第二個夏天的開學活動時，見到來自某些家長把多餘的焦慮傳給自己的孩子，不讓他們

去承受一定程度的風險，更以此來讓他們依賴自己，那也就不要責怪他們無法處理好自己的生活。我告訴他們那是學生自己的活動，父母讓他們獨自去參加也大概不用太擔心。在學生會的迎新活動中更遇到過所謂前往陪讀的家長，坐在桌旁督促子女讀自己讀不懂的大學教材，真是想到就讓人感到窒息。孩子從來沒有遵從自己內心真正渴望的價值去在陽光下生活，那麼他的生命力便要為自己另闢一條更黑暗的路。

我從來都沒有想過格拉斯哥居然會有櫻花的存在。在 8 月中的時候，路上四處都散佈着櫻花的花瓣，花瓣的形狀非常細小，除了給城市添了一抹淡淡的粉紅色以外，並沒有那種盛開的景況。而且如果你不仔細去看，還不會太察覺的到它和櫻花同種同屬。不過這仍然不會減低當地人去欣賞的興致。

格拉斯哥和愛丁堡

玲

很多人都知道蘇格蘭有一個很漂亮的城市，有很多古堡，叫做愛丁堡，可是很多人不太知道蘇格蘭還有一個很大的城市，叫做格拉斯哥。因為兒子上大學的原因，我在格拉斯哥度過了很多時光，有夏天，有冬天，當然也有坐火車去附近的愛丁堡幾次。幾年下來，說實話，漂亮當然是愛丁堡，可是說起喜歡，我個人還是比較喜歡格拉斯哥。

愛丁堡是個旅遊城市，一年四季會有很多遊客，儘管城市很漂亮，可是物價也很高，天氣會更冷一點，

還有就是風很大。當然如果你不介意這些，愛丁堡是個很迷人的城市，格拉斯哥在景致上是無法和愛丁堡相比的。可是這個城市的生活舒適度，確實很招人喜歡，物價不高，遊客不多，當地人比較友善，説話做事很直接，不會像英國南部的人説話拐彎抹角。還有就是天氣，夏天很舒服，不太熱又不太冷，好像我們的秋天。儘管冬天的時間比較長，可是室內有暖氣，出門開車，也不覺得有多冷，反而香港的冬天，最冷的那幾天，凍得我直打哆嗦。

喜歡格拉斯哥的原因，當然是相對其他城市的比較而言，比如愛丁堡，比如倫敦。這裏人更少一些，工作的時間不會太長，一般情況下，五點下班以後，如果在夏天，天還沒黑，公園裏，路邊的咖啡店旁，

都坐滿了充滿笑意的人，大家休閒的在看書，曬太陽，或是喝上兩杯。加上格拉斯哥的樓價不是太貴，生活指數也不高，人們的日子會過得比較輕鬆，於是感覺到處都有在享受生活的人群，這和走在紐約或倫敦街頭的感覺是不同的，更不用說香港，沒有壓力的生活，真好！

晉森

　　我在英國的寄宿學校認識的同學，有一部份去了
愛丁堡大學，大家沒事的時候便和同學們一起去別人
住膩了的地方去玩。從格拉斯哥到愛丁堡只需要在市
中心的 Queen Street 站買票，只需要坐一個小時的火
車便可以去到 Edinburgh Waverley 站，出了火車站便
是市中心。我們循例會做的事便是去超市買酒，然後
一起登上亞瑟峰，坐在山頂的平坦草地上，看着海、
城市和鄉郊在峰下分成三大塊，然後一起喝酒聊天。

　　格拉斯哥曾為發達工業城市的痕跡，可以從克萊
德河的邊緣上見得到。某部份二戰時造船的鐵架仍然
保留在河邊，街上出了 merchant square 和市政廳附近

的一帶建築物為新古典主義的風格以外，主街以外大部份的住宅區都是不同年代大型房屋計劃的產物。有些建築結構相對比較規整、採用大型 bay window 的住宅則是由舊時的地主留下的。如果你參考不同年代的地圖，或是由 Glasgow city council 出版的小冊，你會發現周圍許多建築物前身都是大型工廠，他們想向你展示的是他們的城市規劃的成功，讓這裏從工業城市的環境逐漸轉換成一個更適宜人居的地方。如果不仔細看，你還不知道中國城是以前飼養大象的地方。

城市以北的地方還有一些綠地是打擊不符合社會規範者的瘋人院，以保護為名，去將那些迫害對象與社會隔離，不少在契約上佔優勢由與他方有衝突的人，都被送了進去。但是如今如果不依賴這些文獻和你對

其真實性的信賴，那裏只是一片片綠地，連當時瘋人院的片磚片瓦都無從找到，讓你覺得歷史只不過是一段故事，權威文獻說甚麼就是甚麼，畢竟不是那麼多人有財力去進行唯物上的驗證。我的德國友人說他覺得這個城市很 fragmented，我也有此感。城市不同的區域都保留了不同階段的城市規劃的痕跡，並沒有任何相同的特性。我經常有的一種錯覺就是城市裏的綠地是尚未被開發之處，但它們實則是綠化計劃中重新種植的植物，如果你翻看之前的黑白照，你會發現那條街根本就沒有任何樹和草地，草的品種也和一直不被開發的公園不一樣。

愛丁堡則遍地是由小石子鋪的羊腸小徑，在我印象中街道也甚少是平坦的，整個城市的街和建築物感

覺是沿着起伏的地形而建的。愛丁堡的舊城區則保留了中世紀的建築風格，那種木屋結構和德國北部及日本白川村的木屋建築有奇特的相同性。但一直走到新城區，則會完全變為喬治時期的建築風格，建築物的第二層也即是頂部，為第一層的三分之一。我和同學懷疑這是受到意大利建築風格的影響，不過當然沒有任何證據支持我們的猜測。

我比較喜歡雨天的愛丁堡，雨把石子路打濕，從櫥窗中透出來的燈光映照在路上的一片璀璨，然後獨自去逛一逛舊書店，自己一個人隔着玻璃窗一邊看雨一邊喝咖啡。

哲學系的同學

玲

　　兒子就讀的哲學系，他們那屆沒有亞洲人，低一屆也是僅有一個，還是來自香港同校的師弟。我問他，那你的同學都是些甚麼樣的人呢？似乎他也沒給過我一個特別清楚的答案，只是說，都是些很聰明的人。但我感覺他和他的同學們相處得不錯，可能是在寄宿學校已經有了和外國同學打交道的經驗，他在哲學系的朋友很多。

　　我常常聽他提起有一個來自德國的同學，他們喜歡的東西和彼此的興趣都很相似，兩個人都很喜歡哲

學、歷史、文學、音樂，加上兒子對德國歷史上的哲學家，詩人還有很多我說不上名字的人都很感興趣，於是兩個人自然成了要好的朋友。兒子還可以和他練習德語，他們還一起去旅行，一起討論問題，志同道合估計就是這個意思。後來大四的時候，那個來自德國的孩子收到了德國的一個國家獎學金，去了海德堡大學修的法律，湊巧的是兒子完成的大學的學業，也將去悉尼的新南威爾士大學修讀法律。

我說，你們哲學系的同學在一起，除了討論功課還做甚麼呢？他說，我們不會聚在一起討論功課，我們都是自己做功課，自己研究。那你們有時候聚會時做甚麼呢？喝酒嗎？要知道蘇格蘭可是喝酒的好地方。我們通常約在下午，一起喝咖啡，然後討論一些問題，

比如現在熱門的話題，像最近的烏克蘭局勢，當然也有一些和哲學有關的問題，如果太激烈，觀點不統一，我們會去公園，一邊散步，一邊繼續討論。有女生嗎？我很好奇。沒有，因為我們都是在討論大事，女生加入會分心，他一本正經地說……

我很難想像現在的時代，幾個20歲出頭的年輕人，在午後的咖啡廳面紅耳赤的討論問題，還一起集體散步？這是30年代的文藝青年嗎？ 或許只有哲學系的學生是這樣？

晉森

　　我在讀哲學系時，在機緣巧合下遇到了 E 同學。他在學生會的活動上和我談了兩句後，才發現他原來是讀同一個系的。他對學習漢字非常感興趣，記得當時還和我說，就算是音讀文字，在辨識字義的過程中也是脫離不了視覺對字型的慣性。他說在土耳其放棄了以阿拉伯字母的書寫體系以後，原本以為把母音表示出來的拉丁字母會讓讀者更容易閱讀文章的內容，但是一輩子都在使用舊體系的人卻感到閱讀速度大打折扣。比如在法語當中，詞當中某些不發音的部份也有充當以形表意的作用，如果不寫下去，那麼讀者也難以光從音來辨識是那個詞。

我很好奇一個從小以音讀文字作為母語使用者，究竟會如何看待漢字。他說有時候他的大腦的確會下意識地將一個漢字視作為音節去看待，有時候在讀句子時對漢語的靈活性感到不適應，尤其是漢語中某些名詞可以當作形容詞或是動詞使用。他還留意到中文的名詞可以如此自由地形成複合詞，他說這點和德文很相似。

我們還聊到了瑪雅文和埃及文的書寫體系的相似性。早年古老的語言似乎一開始都使用表形文字，慢慢某些原始的象形符號便用作來表音。瑪雅文的名詞如果存在相應的象形文字作為表達方式，為了避免混淆，會在圖形的結尾加上讀音最後的兩個音節。我們還爭論日文的助詞是不是朝印歐語系的 case 發展，因

為兩者有功用上的相似性。E 同學對於語言學的興趣和洞察力讓我感到佩服，因為平時不是太多人對這些事情感興趣，於是往後我們便頻頻在一起分享我們各自對事物的看法。

E 同學來自德國的 Lüneberg，為人相當低調，但是在群體中卻相當受歡迎。同系的同學在網上找到 E 同學於當時 committee on international trade 的主席一起討論歐盟問題的報道，對他無黨派的傾向感到非常好奇。我和他在愛丁堡的亞瑟峰上一起暢談時，才發現原來他父親的公司就在我的寄宿學校附近，就在湖旁的一公里處。他說他在中學的時候經常在那裏遊蕩，讓我感到似乎有種緣份的力量。我們都少有地向各自敞開心扉。他說和我一起聊天對他的 Bildung 有積極的作用。

　　我和他談到在中學時對德國浪漫主義文學、歌劇和哲學相當感興趣，也是在這些影響下才決定學習德語。他非常耐心地將我對某些觀點理解不完善的地方給我解答，這在過程中當然也少不了激辯。每當話題有點接近民族主義的色彩時，他都非常刻意地展現出否定的態度，我懷疑這是不想別人認為他有極右傾向，所以在談論尼采、移民政策和建築相關的話題時，我都盡量嘗試不要往他比較敏感的方向發展。

　　他那時在申請不來梅市的獎學金，正在獨自寫一篇有關於藝術哲學的論文。他說雖然是寫給自己看的，但是他還是樂於和我分享。他建議我也應該養成寫作的習慣，把一些個人的觀點多加整理，在沒有任何來自他人的壓力下，嘗試發展出自己的思維體系，肯定

來自自己的價值。他說只有在不違背內心的狀況下寫作，才能夠文筆順暢，所以他經常在私下寫作時只為了自己而去寫。於是我便把自己有關於利益鬥爭作為法律正當性的來源、以及市場作為鬥爭的延續的觀點講給他聽，也把某些私下寫過的段落拿給他看。他對我的理論的依據給予了誠實且尖銳的批評，這也是我欣賞他的地方，他能夠讓我在分析事情時更加慎重。

可以肯定的是，他的確不屬於那種適合一同飲酒作樂的朋友。但他對事物熱情和興趣，帶給了我很多啟發，某種程度還促進了我在思維上的成長。目前他在海德堡學習法律，我們不時也互相問候，每次都給對方寫很多的話，把彼此當作為摯友。

三. 寫在後面

節錄：我和兒子的 whatsapp 對話

　　兒子在英國留學，大部份時間我們是通過 whatsapp 傳短訊溝通，青春期的孩子有各種想法，未必是我們所了解的，寄宿學校裏的有一天，我發現他換了一個滿面通紅的頭像，説真的，嚇了我一跳。於是，有了以下的對話。當然，當有一天，他對這種藝術的熱情冷卻了之後，頭像又正常了過來，孩子的成長，是需要等待和耐心的，溝通，更是不可缺少的一環⋯⋯

我：仔，你 whatsapp 的頭像好恐怖，甚麼來的？

晉森：藝術角度，Delacroix

我：甚麼啊？不明白

晉森：仿藝術光學找出來的效果，剛學的

我：是你嗎？

晉森：法國印象派畫家，是

我：好吧，你喜歡就好

晉森：（笑臉符號）

我：怎麼看都很恐怖，像殺人犯

晉森：我覺得沒問題，可以正面一點嗎？

我：可以，像江湖大佬

晉森：人人都會覺得我在搞藝術，因為都是我接
　　　觸過的人才會看見，而我平時行為正常

我：小心嚇跑女生

晉森：不會的，我 WHATSAPP 沒女生

我：no problem，是很藝術

晉森：你去看一看象徵畫，都是這種用強烈的光
　　　暗對比來呈現臉部的輪廓

我：好吧

晉森：臉部的紅色是象徵朱彼特的紅

我：誰是朱彼特？

晉森：羅馬眾神之神

我：你想當眾神之神？

晉森：沒有，那是一種決心的體現方式，羅馬人

打勝仗以後將軍都會在臉上塗抹紅色前來

體現對這位神的精神敬仰

我：原來如此……

大學一年級時，我去英國看兒子，他送給我的新年禮物

珍貴的禮物

在很多社交場合，手寫的信件更開始成為了一種時尚和更尊貴的禮儀，新加坡總理李顯龍在早前寫給中方的賀電上，除了親筆簽名，更特意手寫下了一句話，於是這封賀電顯得更加有誠意。不單是在外交場所，有的星級酒店，也會在客人入住的時候，由經理親自寫上卡片來歡迎你入住，上面有你的名字，還有手寫的字跡，收到的人會覺得格外開心。還有就是很多知名的品牌，逢年過節也會給一些貴賓送上禮物。近年來很多的禮物卡，都不再是印刷的字體，而是品牌客戶經理親自出馬，送上手寫卡，自然，收到禮物開心，單是看到手寫的卡片更是感覺不一樣。所以，

當這個世界越來越先進，物質越來越豐富的同時，一些古老的傳統和文化，或是習慣，越是顯現得珍貴。手寫的東西越來越少，於是也越來越令收到的人感到前所未有的快樂。

所以，當你在紀念日苦思不知道怎樣給他一個驚喜的時候，不妨在你精挑細選的禮物中，放一張你親手寫的信或卡，當你在公司的週年邀請函打印好了之後，除了簽名，可能再親手寫上一句話，於是，你的禮物會變得很不一樣，禮物本身的價值放在一邊，但是你親筆的字跡已經讓你的禮物尊貴了起來，因為我們每個人都希望得到別人的尊重。

在英國唸預科的香港一眾「書友仔」，趁著「Term Break」都返回香港，都說不要到監護人的家住兩個星期，只有這一位年輕人說留下來，不想返回香港。

「寄宿家庭與住在學校宿舍一樣，早餐午餐晚餐，三餐不缺。女主人早一天就把煮好的食物放在冰箱裏，我只要把食物放到微波爐叮熱，就可以了。男主人是退休教授，整天坐在書房內與電腦下棋，有空就研究棋局。一家人少有聚在一起；女主人早出晚歸，她的寶貝女兒神龍見首不見尾，難得一家人一起晚餐，亦不會邀請我下樓，到他們的飯廳。」

年輕人說一早起來，吃過早餐，到公園運動，然後返回閣樓，閱讀、撰寫報告，吃叮熱的午餐，繼續讀書，晚昏時份到公園附近漫步：「這裏的小徑，都哲人之路那麼有詩意，也沒有香港海濱長廊的景色那麼迷人，倫敦近郊公園，不見特色。讀了一天書，走出來，秋意正濃，天涼，仍不算冷，步行一個小時，舒服得多。」

向年輕人發出短訊：「你這樣的散步，竟有點像德國哲學家康德，每天黃昏出外，走的是同一路線，卻不以為苦。這樣的單調生活，閱讀、寫報告、散步，雖然只有兩個星期，該感到有點悶吧！」年輕人的回應：「哪會悶？可專心讀書，開心呢！」

黃昏散步，作者：張灼祥

想念的季節

　　12 月了，滿街的燈飾都在提醒我們，聖誕節又快來了。這一年，還沒習慣寫 2016，就又快過完了，很多人開始計劃到哪裏去旅行；商店忙着減價吸引更多的消費；學生們忙着溫習應付考試……似乎很少人還記得，該要寄卡片了。很多年前的郵局有截郵日期，目的是告訴大家，早一點寄出聖誕賀卡，讓收卡的人可以聖誕節前收到你的祝福和心意。現在的我們，寫信和寄卡已經成了很老套的事情，不知道郵局還有沒有這樣的服務呢？因為自己也很多年沒有親自寄卡片了……

有句廣告詞這樣寫道：「風說，我要哭，於是，就下雨了；風說，我想你了，於是，滿世界的颳起了風……」12月的確是個適合想念的季節，而想念，總覺得是人類情感中最優美的一種，因為沒有實質的內容，只是一種默默的意念和情緒。而通常這種情緒都是很溫馨和充滿柔情的，因為不能見到對方而又想起對方，想念便會自然而然的產生，沒有絲毫做作。而當我們想起某人的時候，或許對方也可以收到某種磁場。曾經看過一本書《源場》，裏面說我們的感受可以無礙穿梭，悲傷會傳染，歡喜會共振，想念的意念能夠穿透時空，讓對方感應到那份美好的情緒。所以，即使現在的我們不再寫卡、不再寄信，可以想念，還是令我們生活在溫暖記憶當中，生命中總會有些朋友，陪你一起，又變成了過客。新的人，出現在你的生命裏，友情如此，愛情亦然，親情更如是。

蘇格蘭平反記

　　提起蘇格蘭，普遍香港人都覺得是個荒涼的地方，我也不例外，在英格蘭轉夠了就回府，就算一小時的飛機，也懶得飛到蘇格蘭，年初看了幾本書，從民國的作家到現代的作者，都不約而同地提到蘇格蘭，於是對這個總想着鬧獨立的地方產生興趣，想知道到底是不是和想像中一樣惡劣，結果發現蘇格蘭真是一個好地方，決定在這裏給她平反一下。

　　首先，天氣冷，是大家覺得那裏不適合旅行的原因，其實，還真不是那麼冷，天氣預報只比倫敦低兩三度，歐洲冷的地方很多，蘇格蘭絕對不是最冷，我

選擇在最冷的 2 月時去感受一下，真心話，那裏的冬天比香港舒服，屋內的暖氣像春天一樣，外面穿暖了，每一口的呼吸都清涼乾淨。只要不下雨，天是透徹的藍，但是英國哪有不經常下雨的地方呢？夏天的蘇格蘭更是美得像畫一樣，七八月的香港熱得像蒸籠，蘇格蘭的氣溫才二十多度，非常舒服，是個避暑好地方！

蘇格蘭食物，有點像西班牙的 TAPAS，各種各樣，碟子不大，都很精緻。好吃的餐廳，若不提前訂位，不可能入座，到晚上，餐廳裏都是人。我在倫敦的香港朋友曾說，他們很少去外面吃飯，消費很貴，多數自己做。可是到了蘇格蘭，感覺經濟特別好，去試了幾家餐廳，才發現當地的消費和倫敦比起來很便宜，跟香港比起來，就更便宜，這是餐廳水洩不通的原因之一。

　　蘇格蘭盛產威士忌，當地人好酒也是事實，無論甚麼時候街上都見人喝酒，他們愛說話，你路過他會打招呼，說上幾句，非常熱情，可能蘇格蘭的中國遊客比起其他地方還是少，當地人對中國人還是很友善，沒有厭煩的感覺，不像在倫敦，有些買東西的時候，你會隱隱地感到那麼一丁點不易察覺又清清楚楚的敵意，在蘇格蘭買東西，人家真把你當上帝。

天下媽媽都一樣

有一個笑話，晚上 10 點多，樓上傳來一個女人的咆哮聲，「甚麼關係？啊？甚麼關係？說！到底是甚麼關係？」我那顆八卦的心頓時跳躍起來，趴到窗台前豎起耳朵仔細聽，女人繼續氣憤地大聲喊：「互為相反數啊！％＠＃……」原來是媽媽在指導孩子功課，我默默的關上了窗戶。

儘管是個笑話，但說明了一個普遍的問題，似乎沒有哪個媽媽，即使是平時看上去最溫柔賢淑的女子，在對著孩子功課的時候，都會喪失理智，輕則咆哮如雷，重則可能已經賞了孩子幾下媽媽神掌。但是當功

課做完，夜深人靜，媽媽們那個後悔啊，看着熟睡的可愛小臉蛋，心痛後悔內疚得不得了。然而，天一亮，第二天放學之後，舊的劇情又會重新上演，直到有一天你不用再操心他的功課，聽過好幾個男性友人抱怨他的太太有了孩子就變成河東獅吼，他們説，就不可以心平氣和的教嗎？爸爸呀，你們哪知道當媽的一片苦心，正所謂愛之深責之切呀！

關於閱讀

　　一年一度的書展又來了，人們蜂擁而至。在暑假裏的確是好節目。起碼又一次提醒我們，世界上有很多好書存在，而不止有電子產品。我曾經問過很多身邊的人，年紀越輕越沒有看書的習慣，但他們不是不閱讀，只是喜歡在網上瀏覽。這也是一種獲取知識的方法，可是比起看書，還是有一點點不同。

　　最近和一個剛從國外回來的年輕人談閱讀，我問他為甚麼在國外很多人都有閱讀習慣？即使在現在的電子年代，人們都愛看手機，可是還可以在公眾場合看到一些人帶着書在讀，等車時候、喝咖啡時、曬

太陽時……而且男女老幼都有，是甚麼原因讓他們的閱讀習慣普及？年輕人笑着說，沒錯，你提到一個詞——習慣。因為已經養成一種習慣，在很多國家，閱讀是和吃飯、睡覺、呼吸一樣自然，不會有人將閱讀標榜成一件特殊或值得炫耀的事。當你會寫字認字，閱讀是唯一你可以從書中獲取答案或尋找樂趣的方法。所以，當你問起愛好的時候，有人會回答旅行、下廚……但很少有人告訴你他的愛好是閱讀，就像沒人會說他的愛好是吃飯一樣。但亞洲人很多覺得喜歡閱讀是一件美德，有的人甚至去炫耀自己一星期看了多少本書，是件可笑的事。看書是一件很私人的事，因為每個人的速度不同，對書中的理解也不同，除非你必須完成讀後感，否則真的沒必要向別人交代。自己體味書中的樂趣，是享受的過程。

讀書的少年

最美好的時光

　　兒子先後在香港和英國讀中學，我問他，最想念哪一段中學時光？已是大學生的他，竟然告訴我，他最懷念的是在英國寄宿學校的那兩年。為甚麼呢？你在香港讀中學的時間遠比在英國要長啊，沒有感情嗎？我急着追問，他說當然不是，友誼和朋友當然是香港的最親，可是說起學校生活，還是最懷念英國的那段日子。

　　兒子在英國讀的學校是一間很古老的中學，也是出名嚴格的，每星期七天都要在學校。即便是家長來訪，如果不是學校假期，也要申請才可以出來見一面。

每天早課前去教堂，中午不管宿舍多遠，都要準時走回來集體吃飯，每個年級的人坐在一桌，老師們分別坐在每個年級的桌子旁一起進餐。我被邀請過一次，真的可以用難以下嚥形容，可是學生們和老師必須吃完食物。每個星期二四六下午規定兩個小時的運動，星期天下午是集體活動，晚上是學習時間，每個房間不許鎖門，老師會隨時走進來了解學習情況。這種近乎軍訓的日子他卻懷念，我問他為甚麼？他說，因為那裏的老師好。他們的老師百分之九十是出自牛劍，可是一點架子都沒有，當然小班教學給了他們充份和學生溝通的時間，可是能夠發掘每個學生的長處，才是老師們最厲害的地方，因為每個孩子都自豪是學校的一分子。

　　兒子宿舍的舍監畢業於劍橋法律系，本身舍監就是個律師，他說就是喜歡孩子和家庭生活，所以放棄律師不做，來做中學老師。

　　他們一家五口和兒子宿舍的男孩子們生活在一起，就連他們家的狗，也是大家庭的一分子，經常在大家吃飯的時候跑出來要食物或是來了重要訪客的時候，比如家長，忽然跑出來當眾撒泡尿，惹得大家哈哈大笑，孩子們都很喜歡。

　　因為這些老師們不僅教他們知識，禮儀，還教他們怎麼生活，怎麼做人，怎麼把平凡的小事做好，包括喝酒。週末舍監拿出自己的好酒，和高年級的男生們一起喝，一起聊女孩，聊人生，也會教這些男生怎

麼正確使用避孕套，每個學生的長處都會得到充份發揮；知道兒子彈鋼琴，特意請他在年會上表演，兒子也曾代表學校去倫敦參加擊劍比賽，也被選為宿舍代表去出席每月一次的校長家宴，偶而有一科考得不理想，我去出席家長會，老師讓我別擔心，説他只是一時理解錯誤，他一定會考上一所好大學。

果然兩年很快過，兒子進了他心儀的大學，學了他夢寐以求的專業。畢業晚宴上，舍監對每個孩子都會説一段話，幽默又帶有鼓勵，原來他們記得孩子曾經經歷的小細節。兒子説起來，臉上充滿了微笑，我相信了，那真是一段最美好的時光。

告密

　　和兒子聊天，談起他讀高中的往事。他說剛到英國，有一次，宿舍幾個男生半夜爬出窗戶，攀上屋頂上玩，不小心打破了東西，兒子被吵醒，剛好看到他們經過。第二天，舍監查問，想找出滋事者，想起兒子窗戶處於有利位置，於是找來他詢問，兒子一口咬定自己睡着，甚麼也沒看見。那幾個孩子很擔心這個初來乍到的香港小子出賣他們，後來鬆了一口氣，各人成了好朋友。

　　兒子說，他是絕對不會告密的，告密是最可恥的行為，他說在香港讀男校的時候，同學之間有個心照

不宣的約定，即使互相之間有摩擦，絕對不會向老師告狀，大家私下解決，最多打一場架，互相鼻青臉腫之後，又會和好如初……「怪不得你有幾次帶着瘀青回來，問你怎麼回事？你說是不小心摔的，原來去學人打架了？」我笑着問他。「當然不能讓你擔心了，你知道你的神經多緊張，告訴你，你再去學校了解情況，那我不是出賣了同學？」他一本正經地說。

我聽了寬慰，也很高興。在他眼裏，講義氣，光明磊落，重視友情，比甚麼都重要。有些事情，你可以不認同，別人做某些事，你可以不參與，但不能採取卑劣手段，不能用告密的手法去打擊別人，這是做人起碼的底線。

　告密

法國南部的美麗山城——埃茲

畢業旅行

玲

　　兒子結束了在英國的大學生活，即將啟程去雪梨追求他的法律夢。告別歐洲之際，我問他：想不想來個畢業旅行？就我們倆？他歪着腦袋笑着說：Why not？龍應台曾說，她每年都會安排時間和兩個兒子單獨去旅行，其他人包括女朋友是不允許參加的，她認為這樣的旅行給了孩子和她很好交流的一個機會，我很認同。但是疫情幾年，旅行似乎是件非常奢侈的事情，好在歐洲已經解封，儘管還是有各種風險，但生活總要繼續，人必須勇敢地適應環境去生存，於是，

我們做足了防範措施，來了一個兩星期的英法小旅行，算是暫時告別英國，告別歐洲的一種方式。

　　我們先飛到南法的尼斯，陽光海灘，蔚藍海岸就不用說了，街上到處是俊男美女。安頓了下來，就在附近的小鎮轉一轉，埃茲美得簡直不像話，坐落在懸崖上的古鎮，隨手一拍都是絕美的風景。走累了，坐在金羊酒店的露台，面朝蔚藍海岸喝一杯雞尾酒，那會是人生中極大的享受，沒想到尼采，哲學系的祖師爺也喜歡這個地方，據說沒事有事過來住，然後就繞着山路散步思考，結果寫成了《查拉圖斯特拉》的第三部份。他說是因為在這裏，晴朗的天空第一次照亮了他的生活，所以他才寫出這一部份。其實，不單是哲學家，我覺得無論哪個人到這裏，這裏的陽光都會

照亮他的生活，讓他充滿快樂，包括我和兒子。我們沿着佈滿山石的石階一路爬上去，越往上走，風景越秀麗，到了山頂的植物園，可以一覽整個海岸，那是一種無法言喻的快樂，太美了！

那個星期的剩下幾天，除了去了一天康城（說實話並不太喜歡，遊客太多，太商業化）我們就待在尼斯的海灘，除了臉，全身上下去盡情體驗南法的陽光和海風。疫情幾年，兒子幾乎是網上學習，沒有任何社交生活，我在香港也好不到哪去，從開始的提心吊膽到後來的逐漸適應，整天戴着口罩，心情不會放鬆到哪裏去，終於，在這裏可以徹底釋放，只有大自然和我們。

　　所以，如果你有壓力，如果你很累，如果你很煩，如果你有很多讓你抑鬱不安的原因，去南法吧，這是一個讓人快樂起來的好地方！不像巴黎，是個讓人又愛又恨的地方，我們也住了幾天，總要端着點架子，非得優雅起來，因為巴黎就是那樣，除了美，還是美，好吃的食物，好看的建築，好逛的商店，好驕傲的巴黎人……讓你想一來再來。之後我們又在英國度過了一個星期，以倫敦為基地，特意去附近的英國小鎮轉了轉，巴斯，溫莎……倫敦永遠是鬧哄哄的，但也永遠有那麼一種熟悉的感覺，英國小鎮的人總是那麼友善，小鎮商店的門也總是關的那麼早……

　　我知道以前有些大學是鼓勵學生去一次真正畢業旅行的，學校會提供便宜的一年學生票，你可以選擇世界上的幾個城市，每到一個地方停留的時間隨你，估計疫情之後，已經沒有這種機票了，兩個星期和兒子一邊走，一邊交談，我們說了幾年沒有時間交流的話，從歷史到藝術，從人性到愛情，從國家大事到未來前途……因為這場旅行，讓我們更加熱愛生活，珍惜生命，對每一天都充滿感恩！

Keep knocking, and the door
will be opened to you. - Matthew

敲吧，門終究會開的。
—馬太福音
志玲 夏.2002 于九

www.cosmosbooks.com.hk

書名	16歲那年你/我去了英國
作者	范玲　譚晉森
攝影及繪畫	范玲
封面設計	范玲
責任編輯	郭坤輝
美術編輯	蔡學彰
出版	天地圖書有限公司
	香港黃竹坑道46號
	新興工業大廈11樓（總寫字樓）
	電話：2528 3671　傳真：2865 2609
	香港灣仔莊士敦道30號地庫（門市部）
	電話：2865 0708　傳真：2861 1541
印刷	美雅印刷製本有限公司
	香港九龍官塘榮業街6號海濱工業大廈4字樓A室
	電話：2342 0109　傳真：2407 3062
發行	聯合新零售（香港）有限公司
	香港新界荃灣德士古道220-248號荃灣工業中心16樓
	電話：2150 2100　傳真：2407 3062
出版日期	2022年12月 / 初版・香港